두굴두굴 공주이야기

감성 관광 스토리북

일러두기

이 책은 저자가 2016년 공주시 시정연구과제로 만든 공주관광스토리북 『두근두근 공주 이야기(백제 편)』의 일부 내용을 수정하고 재구성하여 집필한 것입니다.

두근두근 공주이야기

감성 관광 스토리북

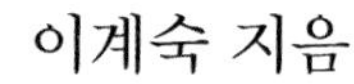

이계숙 지음

백제인들의 흔적이 오롯이 녹아있는 공주!
역사와 삶의 길을 감성으로 녹여낸
로드 스토리텔링

격
/
려
/
사

공주시장_ 오시덕

곳곳에 서려 있는 구전 설화나 역사 속 이야기를 상품화하는 게 우리 시의 자산 가치를 높이는 일이라고 공무원이나 시민들을 만나면 늘 강조해 왔는데, 시정연구단에 있던 이계숙 님이 『두근두근 공주 이야기』를 출간하게 된 것을 진심으로 축하합니다.

인터넷을 검색하면 바로 얻을 수 있는 관광 안내서는 많습니다만, 생동감 있는 이야기로 독자의 감성을 잔잔하게 파고들면서 흥미롭게 읽을 수 있는 관광 스토리북은 그리 흔치 않습니다. 이러한 때에 이색적인 관광 스토리북 『두근두근 공주 이야기』가 나온 것은 매우 고무적인 일입니다.

제목도 호기심과 설렘을 주고 '홍미진진 공주'와 운율이 잘 맞아 좋습니다. 책 뒷면의 삼행시 '공주를 따라가며, 주절거리다, 시인이 되었답니다.'에도 필자의 공주에 대한 애틋한 경험담과 여운이 묻어납니다.

책에서는 유네스코에 세계유산으로 등재된 공산성과 송산리 고분군 부분이 특별히 눈길을 끄는데, 공산성에서 결전하다 투항한 의자왕과 치열했던 백제부흥운동 이야기를 통하여 그동안 왜곡된 역사를 재인식하고 백제 후예로서 자긍심을 고취하고자 한 점이 인상적이었습니다.

작년부터 공주시로 전입하는 분들에게 공주시 구도심의 운치와 풍광에 매료되었다는 말씀도 들었는데, 많은 분들이 이 책을 읽고 두근두근 호기심이 발동해서 공주에 찾아왔다가 흠뻑 빠져 이곳에 정착하는 분들이 하나씩, 둘씩 늘어났으면 하는 소망을 가집니다.

공주의 오랜 역사와 시민들의 수준 높은 지성과 심미성이 빚어낸 예술 문화를 맛깔스러운 문체로 소개한 이 책은, 대중의 관심을 높이고 출향 인사의 애향심도 높이게 되리라 믿습니다.

그뿐만 아니라 앞으로도 계속될 공주시의 미담, 전설, 영웅담 등 스토리를 발굴하고 전파하는 데 초석이 되고 나아가 스토리펀딩(이야기 기부) 문화가 정착되는 계기가 되지 않을까 하는 예감도 듭니다.

『두근두근 공주 이야기』가 '2018 올해의 관광도시'로 선정된 공주시를 더욱 빛나게 하는 자료가 될 것이기에 기대가 아주 큽니다.

추/천/사

명신해운(주) 대표_ 이홍주

일상의 삶에 과부하가 걸릴 때가 더러 있다. 이럴 때는 된장을 듬뿍 얹은 보리밥에 상추쌈을 한입 가득 싸 먹던 시절이 울컥 그리워져 시간도 일정도 아랑곳없이 무조건 내 고향 공주를 향해 북서쪽으로 300km 달린다. 한달음에 공주에 도착하면 그 옛날 나에게 '된장과 상추쌈의 추억'을 심어주신 노환의 어머님을 꼭 안아드린다.

공주에서 태어나 초중고까지 다니면서 장난기도 좀 있었던 내겐 에피소드도 적지 않다. 때로는 제민천이나 금강가에서 친구들과 멱을 감으면서 물고기도 잡고, 헤엄쳐 놀기도 했었다. 그러다 배가 고프면 물고기를 잡아 즉석에서 큰 돌판에 얹어 구워 먹던 재미, 고등학교 때는 '뭐 신나는 일이 없을까?' 하며 친구들과 떼를 지어 골목길을 배회하던 기억이 바로 어제 일처럼 생생하게 떠오른다.

외국에 가면 난데없이 애국심이 생기는 것처럼 타향에 살면 고향 사랑이 남달라지는 게 인지상정일 터, 그래서일까? 대한민국 동남쪽 한 자락에 터전을 일구고 사는 나는, 그곳 사람들에게 공산성, 송산리 고분군, 석장리 박물관 등 오랜 역사가 살아 있는 '공주'가 바로 내 고향이라고 사랑하며 출신지에 대한 강한 자긍심과 자부심을 내비치곤 했었다.

그런데 이번에 내 고향 공주를 멋지게 표현한 『두근두근 공주 이야기』라는 책을 접하고 보니 여간 반가운 게 아니다. 이 책은 일반적인 관광 안내서와 달리 시, 그림, 수필이 한데 어우러져 백제의 고도(古都)에서 자란 나의 유년 시절과 청소년 시절의 추억을 일깨우며, 잔잔한 미소와 함께 달콤한 회상에 폭 잠기게 하는 힘이 있다.

앞으로 이 책은 타임머신을 타고 과거로 돌아가고 싶을 때 문득 꺼내보는 나의 애장품이 될 것 같다. 지금 열심히 공부하고 있는 학생들이나 혹은 삶의 일터에서 숨 가쁘게 살아가는 어른들에게도 카타르시스나 힐링을 위한 글이나 그림이 필요하다면 이 책을 꼭 추천하고 싶다.

요즘 구도심에 늘어나는 한옥이 금강, 제민천 등과 어우러져 운치를 더하는 것처럼, 이 책을 읽고 공주만의 독특한 문화예술의 향취에 푹 빠져 보고자 찾아오는 사람들이 점점 많아져 '역사문화와 교육의 원조 도시'라는 영광을 되찾는 시간이 앞당겨지길, 경상남도 울산의 먼 발치에서 간절히 기도해 본다.

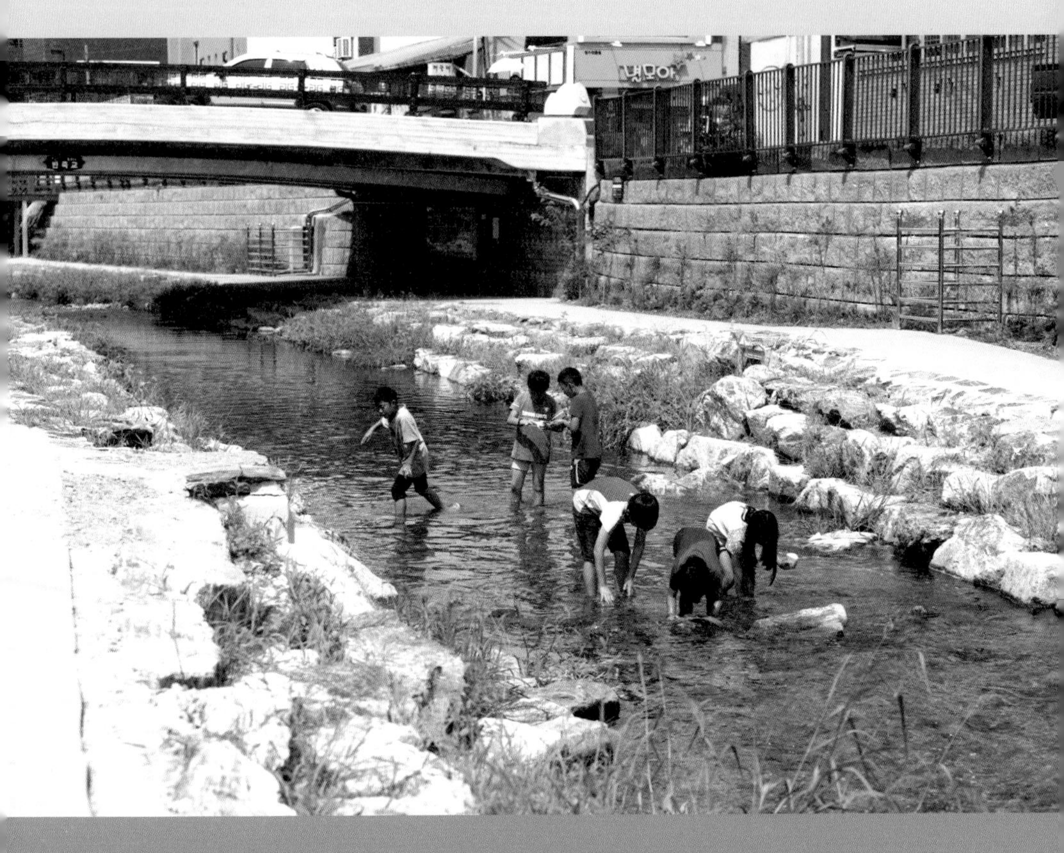

제민천 물고기잡이

추억의 빈틈을 채우기 위해

대부분 사람들의 일생 중 가장 기억이 선명하게 남아 있는 시기는 유·초년기와 청소년기일 것이다. 공주가 원래 태어난 곳은 아니지만 적잖은 유년시절을 보내면서 학교 다니고 가장 긴 시간을 살아왔기에 사실상 고향과 다름없는 고장이고 다채로운 추억이 어린 곳이기도 하다.

초등학교 시절, 종착지인 공주에 입성하였을 때 아버지께서 '공주는 교육도시'라고 하셔서 약간의 환상을 가졌고 살면서 자부심을 느끼곤 했다. 외모와 상관없이 몸담아 살고 있는 아름답고 고귀한 지명 덕분에 '공주(公主, princess)님 그룹'에 무임승차할 수 있는 특권도 주어져 나름 뿌듯한 적도 있었다.

그러나 때로는 익명성이 보장되지 못하고 폐쇄적인 분지(盆地)형 소도시의 특성으로 인한 운신의 불편함에 투덜거리기도 했다. '사람 사이엔 서로 거북하지 않을 만큼의 적당한 거리가 있다'고 하는데 친하다는 이유로 서로 너무 많이 알고 싶어 하거나 깊이 파고드는 건 자칫 본의 아니게 사생활 침해가 될 수도 있기 때문이다. 아무튼, 이렇게 유년기, 청년기를 보내고 지금까지 살아오면서 고운 정 미운 정을 키워 온 게 또한 공주이다.

어느덧 삶에 대해 겸허해질 나이가 되니 '인제는 돌아와 거울 앞에 선 누이처럼' 지나온 몇십 년의 세월을 반추하면서 공주의 이야기가 파노라마처럼 그려진다. 여러 학교를 돌아다니느라 그 또래의 애들답지 못한 유·초년기를 보낸 아쉬움 때문일까?

야무지게 적응하지 못해 수난사로 얼룩졌던 당시 초등학생의 눈에도 '깨끗하고 아늑하고 운치가 있어 호감을 느꼈던 공주'에 대한 아름다운 이야기를 써서 이제라도 추억의 빈틈을 채워보고 싶다.

뭔가 주섬주섬 이야기를 엮으려 하니 학창시절 한눈파는 공상가였던 것이 그리 스스로 구박할 일만은 아닌 듯싶다. 상상력의 밑거름이 될 수도 있기에.

맑은 공기와 물 그리고 훈훈한 인심을 자랑하는 공주시는 고대 백제중흥기의 수도였기에 어디를 가나 가던 길 멈추고 시 한 수 읊고 싶을 정도로 신비감과 문화예술의 정취가 묻어나고 자연 그대로의 경관이 수려하다.

백제인들의 대대로 내려오던 삶의 흔적이 오롯이 녹아 있는 공주시! 공주지역은 북으로 차령산맥과 금강으로 둘러싸여 있고, 동으로는 계룡산이 막고 있어 적의 침략을 방어해 주는 천혜의 요새지이다.

또한, 금강을 통해 서해로 나아갈 수 있고 남쪽에는 곡창지대인 너른 호남평야가 펼쳐져 있어서 관망뿐 아니라 교통의 요지로서 좋은 입지를 갖추고 있어 백제의 두 번째 수도로 결정이 되었다는 설이 있을 만큼 고대왕국의 수도로서 탁월한 입지조건을 갖추고 있다.

공주에는 공산성과 무령왕릉 외에 오래된 전설과 백제인의 스토리가 곳곳에 남아 있다. 공산성에서 송산리 고분군으로, 송산리 고분군에서 곰나루로, 곰나루에서 산성 시장과 제민천 예술문화 특화 거리를 걸어서 이동하며 주변 경치와 사람 사는 모습을 함께 음미하며 공주의 정취를 맛보는 코스로 잡았다.

이제부터 아름다운 공주를 따라가며 두근거리는 마음으로 경치에 한눈팔고 이야기에 취하면서 시인이 되어보는 거다. 공주를 둘러보면 누구라도 시가 절로 나오지 아니하겠는가? 신비로 가득 찬 공주 이야기가 어느새 흥미진진하게 펼쳐질 것을 기대하며…….

2017. 5

이계숙

굴러다닌
유년의 기억

전근이 잦으셨던 아버지 덕분이라고 해야 할까?
아니면 때문이라고 해야 옳을까?
초등학교를 자그마치 네 군데나 다녔다.
그것도 저학년 때에 일 년에 한 번씩 전학을 갔다.

초등학교에 입학했을 때
아무리 어린애라 해도 참으로 어리벙벙했다.
생활통지표의 '석차'와 '평균"을 구분하지 못했다.
이유인즉 둘 다 숫자가 비슷해서였다.
기초학습이 부족하다고 자주 나머지 공부를 했고,

옆 짝인 남자애는 책상 위에 가운데 '38선'이라고 선을 그어놓고
어쩌다 팔이 조금만 경계선을 벗어나면
무단 침범했다며 죄 없는 팔을 아프게 꼬집었다.
그래서 울면 선생님은 '수업시간에 공부 안 하고
딴전 핀다'고 혼냈다.
설상가상으로 단체급식으로 주던
맛있는 옥수수빵까지 못 받기도 했다.
더러는 짓궂은 애들 때문에
배낭 뒤에 감춰둔 빵이 슬며시 없어지는 날도 있었다.
하긴, 배고픈 시절이었다.

또 하나, 화장실이 큰 문제였다.
그 당시의 화장실은 너무 높아서
자칫 발을 잘못 디뎌서 저 아래
낭떠러지로 떨어지면 어쩌나 늘 전전긍긍했다.
걸핏하면 '귀신 얘기'도 난무했던 시절이었다.
오랜 심사숙고 끝에 궁여지책을 마련했다.
쉬는 시간 끝날 무렵, 애들이 모두 교실로 들어가면
출입문이 달린 여자 화장실과 나란히 있던

개방형 남자 화장실을 사용했다.

이렇게 공부 제대로 못 하고, 화장실도 못 가고, 꼬집히고, 혼나서

정말로 학교 가기가 지독하게도 싫었던

1학년이 지나고 2학년이 되자,

할아버지와 아버지의 고향이자 내가 태어난 곳으로 전학을 갔다.

그곳은 그야말로 홈그라운드였다.

선생님들은 누구의 손녀, 누구의 딸이라며 귀여워해 주셨다.

거기서는 모든 게 천국이었다. 화장실 바닥도 낮고 무섭지 않았다.

그러나 기쁨도 잠시,

3학년이 되니 또 전학을 갔다.

그곳에서는 고향에서의 영광만큼은 아니었지만,

입학 당시의 지옥은 아니었고

학교생활은 왠지 심드렁했다.

다시 일 년 반쯤 지나고 4학년 여름방학이 되자

또 전학을 갔다. '충청남도 공주시'라는 곳으로…….

아버지는 "여기는 교육도시란다. 수준이 높단다."라고 하셨다.

'새로운 곳에서 잘해봐야지!' 하는 기대와

'일학년 때처럼 또 성적부진아가 되면 어쩌지?'
하는 두려움의 심정이 교차했다.

다행히도 이곳 애들은
그동안 다녔던 다른 학교 애들보다 비교적 신사적이었다.
학년이 높아지니까 교양, 품위라도 생긴 걸까?
괜한 트집으로 욕하거나 꼬집는 애도 없었다.
'교육도시라 다른가?' 하고 안도감이 들었다.

어린 나이에 한두 해에 한 번꼴로 전학 다니느라
학교를 여기저기 굴러다니다 보니
어느새 내성이 생기고 좀 영리해져서
그저 온순하고 얌전해서 눈총받지 않고
숙제 잘해서 선생님에게 손바닥 얻어맞지 말아야 한다는 걸
벌써 체득하고 있었다.
공부시간에도 걸핏하면 딴생각하고 공상을 즐기느라
한참 동안 삼천포로 빠지는 게 은밀한 즐거움이었지만…,
그럼에도 선생님과 눈이 마주칠 땐
순발력 있게 초롱초롱한 눈빛으로 전환했다.

그러나 몇십 년이 지나 돌이켜 생각해 보니
그 나이의 애들답게 막 뛰어놀지 못한 게,
구석에 앉아서 '언제나 날 불러줄까?' 하고
짝사랑하듯 기다렸던 게
오랜 세월이 지났어도 맘 아프도록 아쉬웠다.
전적으로 수줍음 탓이었겠지만.
울고, 웃고, 놀고, 싸우기도 해야 추억이 쌓이는 법인데…….
그래야 세월이 지날수록 공감대가 깊어지는 것인데…….

롤러코스터를 타듯 이곳저곳에서
천국과 지옥을 맛보며
절름발이 같았던 유년기를 떠올리면서
한 곳에서 깊은 우정을 쌓아
누구도 대신할 수 없는 동심의 추억을
알알이 가슴속 항아리에 담아놓은
어릴 적 친구들이 참 부러웠다.

| 목 차 |

Contents

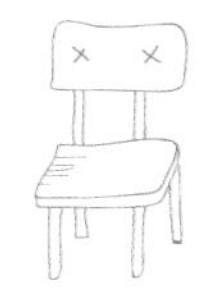

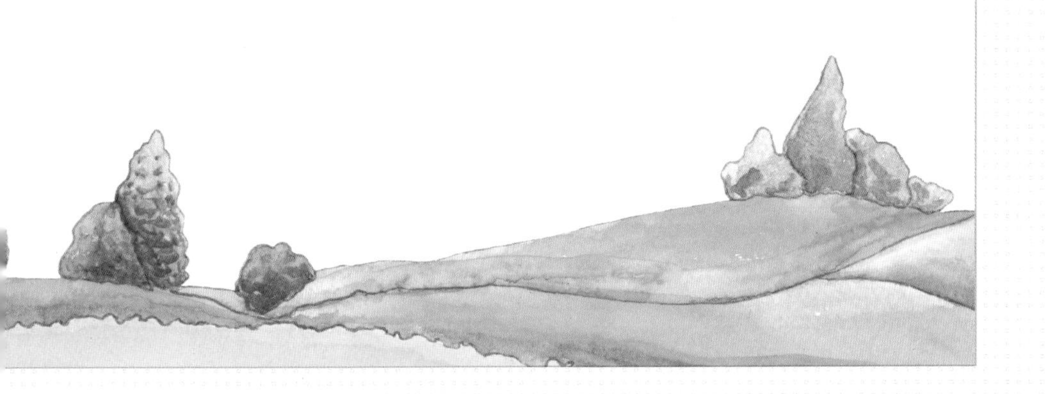

어느 초등학생의 공산성 방문기

01

공산성

- 내 영혼에 폭풍우가 몰아칠 때
- 인생은 한 병의 막걸리던가?
- 타국에 잠든 비운의 군주
- 부활의 꿈
- 세계문화유산, 공산성

내 영혼에 폭풍우가 몰아칠 때

술인지 눈물인지 알 수 없는 액체가
들어갈까 말까
흔들리는 입가에 머뭇거린다.

가장 중요한 순간에
가장 가까운 사람의
그것도 아주 사소한 태클에
넘어지는 게 인생이더냐.
그들을 미워할 수도
용서할 수도 없는 게
또한 운명이더냐.

모든 걸 다 내려놓고
폭풍우가 몰아치는 공산성
성벽을 터벅터벅 걸어본다.
강바람에 나뭇잎만 통곡하듯 흔들리고
사람은커녕
동물이라곤 개미 새끼 한 마리
얼씬거리지 않는구나.

그래 여기서 다시 힘을 내자!

눈물로 얼룩지고 비바람에 시달려

스산한 얼굴로라도 다시 한 번 일어나 보자.

인생은 막걸리처럼 뒤섞이고 흔들리며

어느새 또 하나의 모습을 드러내는구나

이제는 더 이상 흔들리지 않고

공산성 성벽같이 초연하고 단단해진 얼굴을!

- 패배의 아픔을 달래는 의자왕

인생은 한 병의 막걸리던가?

나만의 꿈을 모색하고 있는 한,
비루한 일상마저 위대한 꿈의 일부임을 잊지 말라.
지금은 자신을 유배시킨 채 기다림의 시간을 보내고 있더라도,
꿈을 포기하지 않는 한 그대는
여전히 그 꿈을 실현하는 위대한 여정을 밟고 있는 것이다.

– 김난도의 에세이 『웅크린 시간도 내 삶이니까』 중에서

백제가 나당연합군에 몰려 패망의 위기에 처했을 때 철옹성인 공산성에 들어와 재기를 노리던 의자왕은 '내부고발자'인 당시 공산성 성주(예식진)의 배신으로 망국의 군주가 되고 만다.

삼국사기에는 '의자왕은 황음한 군주로 향락에 빠져 있다가 나라를 망쳤다.'고 기록되어 있다. 그리고 세월이 가면서 뚜렷한 근거도 없이 베일에 가려진 백제패망의 원인을 향락에 무게를 실은 사람들은 낙화

암에서 삼천궁녀가 떨어져 죽었다(민제인의 시 「백마강부」 중에서)고 확대 재생산하니 '의자왕' 하면 '삼천궁녀'가 자연스럽게 떠오를 정도로 많은 사람들은 왜곡되거나 폄하된 백제 시대의 역사를 공부해왔다.

그러나 여러 문헌을 통하여 살펴보면 삼천궁녀가 있었다는 얘기는 설득력이 없다. 당시 백제의 수도였던 부여의 인구는 5만 명이 안 되었고, 그중 여자는 2만 5천 명, 어린아이와 노약자를 빼면 15,000명 정도라고 한다. 삼천궁녀가 사실이라면 백성 중 20%가 궁녀여야 되는데 가당한 일인가? 조선시대의 궁녀가 600명 정도였다고 하니 어림잡아도 삼천궁녀는 설득력이 없는 숫자이다.

망한 자는 죽어서도 승자의 입맛에 의해 왜곡 당해야 하는 운명일까? 그러나 오랜 세월 속에 묻힌 과거의 진실은 어느 틈엔가 조금씩 꿈틀거리며 살아나기도 한다. 2011년에 공산성에서 발굴된 목곽고와 저수시설에서 나당연합군에게 쫓긴 의자왕이 공산성에서 나당연합군에 항전하며 재기를 시도했다고 추측할만한 유물들이 출토되었다.

660년 신라 김유신(金庾信)의 5만 군은 육로로, 당나라 소정방(蘇定方)의 10여만 군사는 해로를 통해 각각 백제를 공격해 왔다.

나당연합군이 백제의 수도 사비성(泗沘城, 지금의 충청남도 부여)으로 쳐들어오자, 백제 의자왕(義慈王, 641~660)은 태자 효(孝)와 함께 웅진성(熊津城, 지금의 충청남도 공주)으로 피난하고, 제2 왕자 태(泰)가 남아서 사비성을 고수했으나 전사자 1만여 명을 내고 패하였다.

나당연합군은 이어 웅진성을 공격, 함락시킨 뒤 당군은 왕과 왕자를 비롯해 정부 고관 90여 인, 군인 약 2만 인을 포로로 삼아 해로를 통해 귀환하고, 신라 태종무열왕(太宗武烈王, 654~661)도 이 해 10월에 회군하였다. 백제 영토 안에는 당군 1만 명과 신라군 7천 명이 남아서 지켰으며, 당나라는 백제 영토 내에 웅진도독부(熊津都督府)를 두어 군정(軍政)을 실시하였다.

〈참고문헌 - 삼국사기, 일본사기 등〉

의자왕은 아군의 배신으로 패망의 군주가 되어 공산성에서 절망과 회한의 눈물을 흩뿌렸을 것이다. 한때는 진취적이고 개혁적인 군주였던 의자왕은 신라 태종무열왕 김춘추를 자주 위협했었다. 그러나 당나라, 고구려, 신라, 왜의 만만치 않은 국제상황이 그의 운명에 먹구름을 드리운 것이다.

의자왕 몫의 운명은 거기까지일 것이고, 그 후 천추의 한을 남기고 간 그의 유지와 백제인의 소망을 받들어 백제부흥운동이 있었으나 이런저런 이유로 애석하게도 성공하지 못했다.

그러나 1,500년이 지나서 무령왕릉이 발굴되면서 백제역사는 새로운 빛을 발하기 시작한 것이다. 삼국사기를 쓴 김부식이 다시 살아돌아온다면 무슨 변명을 하게 될까? 승자의 정통성을 위해 어쩔 수 없이 패자인 백제 의자왕을 비루하게 만들어야만 했다고 말할까?

공산성에서 투항하고 당나라로 끌려가기 전, 의자왕은 눈물로 범벅이 된 얼굴로 한 잔의 막걸리로 허망함과 슬픔을 달래며 백제와 자신의 얄궂은 운명을 탓했으리라. 고국에 묻히지도 못하고 당나라 수도였던 중국의 낙양 어딘가에 쓸쓸히 잠들어 있는 의자왕은 아직도 통한의 눈물을 흘리고 있을지도 모른다.

삶이 버겁고 고단하거나 때때로 분노로 일렁일 때 즐겨듣는 곡, 「You raise me up」을 의자왕이 듣는다면 힘이 날까?

You raise me up

When I am down and oh my soul so weary
내 영혼이 힘들고 지칠 때

When troubles come and my heart burdened be
괴로움이 밀려와 나의 마음을 무겁게 할 때

Then I am still and wait here in the silence
당신이 내 옆에 와 앉으실 때까지

Until you come and sit awhile with me
나는 여기에서 고요히 당신을 기다립니다.

You raise me up so I can stand on mountains
당신이 나를 일으켜 주시기에 나는 산에 우뚝 서 있을 수 있고

You raise me up to walk on stormy seas
당신이 나를 일으켜 주시기에 나는 폭풍의 바다도 건널 수 있습니다.

I am strong when I am on your shoulders
당신이 나를 떠받쳐 줄 때 나는 강인해집니다.

You raise me up To more than I can be
당신은 나를 일으켜 나보다 더 큰 내가 되게 합니다.

* 「You raise me up(유 레이즈 미 업)」은 2002년 발표된 곡으로, 영화 「시크릿가든」의 롤프 뢰블란이 편곡을 하고 브레던 그레이엄이 가사를 쓴 노래이다. 서정적으로 애잔한 선율로 꾸준히 사랑받는 곡이다.

슬픔은 비가 되어 강물 따라 흐르고

폭풍우가 지나간 공산성엔 가을비가 내린다.

폐허 속에서 다시 힘을 내듯

생기를 얻은 고목의 이파리들도 나를 살포시 감싸 안는다.

억눌린 회한과 분노가 눈물이 되어 아픈 영혼을 어루만진다.

슬픔은 장대비가 되어 강물 따라 흐른다.

선왕이신 무령왕이시여!

당신께서 강건히 구축하신 백제의 사직을

지키지 못한 이 못난 군주를 용서하소서!

탁월한 치적으로 칭송받던 당신의 뜻을 받들고자

한때는 의롭고 자애로운 왕이 되고자 했고

나라를 확장하고 강건히 하고자 파죽지세로 떨쳐갔으나

백제의 국운은 여기까지일까요? 불가항력이었을까요?

아니면 제가 초심을 잃어서일까요?

자괴감, 수치, 오욕으로 이 한 몸 지탱할 수 없습니다.

찬란한 문화강국인 백제의 위용이 역사 속에 묻혀 버린다면

죽어서도 후세사람들에게 고개를 들 수 없습니다.

이 죄인의 찢기어진 심정을 헤아리듯

백제의 파수꾼 같았던 아름드리 해묵은 나무들도

이파리를 떨며 오열하고 있습니다.

공산성 서남쪽 야트막한 언덕에서

애잔한 눈길로 굽어보시고 계신 무령왕이시여!

당신의 영혼으로 우리 백제를 다시 일으켜 세워 주십시오.

꺼져가는 작은 불씨가 요원의 불길이 되어

찬란한 제국으로 영원토록 빛나게 하소서.

- 공산성에서 금강을 바라보며 자결을 시도한 군주

타국에 잠든 비운의 군주

의자왕만큼 반전 이미지가 강한 왕은 역사를 통틀어서 그리 많지 않을 것이다.

향락과 여색에 취하여 나라를 망쳤다고 알려져 온 의자왕은 기록에 의하면 효심과 우애가 깊어 해동증자*라는 칭송을 들었으며, 오랜 태자수업을 거쳐 즉위하여 15년간은 외교, 군사, 경제면에서 정치를 잘해서 신라보다 힘의 우위에 놓였었다.

뿐만 아니라 의자에만 앉아있던 책상물림이 아니고 싸움을 엄청 잘해서 대야성 전투에서는 신라 김춘추의 사위와 딸이 전사하는 바람에 극도로 분노한 김춘추가 당나라를 끌어들여서 결정적으로 백제의 전세가 기운 계기가 되기도 했다.

모든 상황이 잘 받쳐주었다면 우리는 통일신라가 아니고 통일백제라는 역사를 배웠을지도 모를 일이다.

* 증자는 춘추전국시대 공자의 제자 중 가장 효심이 깊었다는 '증삼'이라는 사람을 높여 부르는 말. 해동증자라 하면 바다 동쪽(백제국)의 증자라는 뜻.

의자왕은 태자 때부터 어버이를 효성스럽게 섬기고 형제들과 우애가 깊어 당시 해동증자(海東曾子)로 불렸다. 재위 기간 초기에 개혁정치를 펼쳐 국정을 쇄신하고 고구려와 연합하여 신라를 공격해서 영토를 확장하였다.

그러나 말년에 나당연합군(羅唐聯合軍)의 침공을 막아내지 못해서 백제의 마지막 왕이 된 군주이다.

그는 신라 선화공주와의 로맨스 설화인 「서동요」의 주인공 서동으로도 알려진 무왕(武王)의 맏아들로 태어나 무왕 33년(632) 태자로 책봉되었다. 그의 아들인 부여융(扶餘隆)이 615년 태어난 것이 확인되기 때문에, 의자왕은 적어도 590년대 중반 이전에 태어난 것으로 추정된다. 이후 641년 무왕이 죽자 즉위하였는데, 그 당시 40대 중반이 넘은 완숙한 나이였을 것으로 보인다.

이듬해 642년에는 왕의 어머니가 죽자 아우 왕자의 자식인 교기(翹岐)를 비롯해 어머니 자매의 딸(母妹女子) 4명과 내좌평(內佐平) 기미(岐味) 등 40여 명을 섬으로 추방하는 정변(政變)이라 할 만한 사건이 있었다. 이것은 의자왕 초기의 친정체제(親政體制)를 강화하는 기폭제가 되었다.

다음으로 의자왕은 유교(儒敎)를 통해 집권력을 강화하고자 하였다. '의자(義慈 ,바르고 자애롭다)'라는 이름 자체가 유교적 색채가 짙으며, '성충(成忠)'·'의직(義直)'·'윤충(允忠)' 등 신하들의 이름도 마찬가지이다. 집권 초기에 주·군(州郡)을 순무(巡撫)하거나 죄수를 사면한 것도 유교에서 말하는 왕도정치(王道政治)와 통한다.

이와 같이 의자왕은 대내외적인 개혁을 통해 자신의 입지를 강화하였다.

한편 이 시기에 중국 대륙에서는 통일 제국인 수·당이 출현하였다. 분열된 중국의 제후국은 주변을 돌아볼 겨를이 없었으나 통일 왕조인 수·당(隋·唐)은 이웃 나라에 복속을 강요하였다. 이에 주변 나라는 수·당에 복속하느냐, 아니면 자주적인 노선을 견지하느냐 하는 선택에 직면한 것이다.

고구려는 이에 반발하여 수와 전쟁을 하였고, 당이 들어서자 화친(和親)을 청하는 등 국면을 타개하려 하였으나 여전히 당의 압박은 거세졌다.

이러한 시기에 집권한 의자왕은 당의 팽창주의(膨脹主義)는 한반도의 평화에 위협이 되고 고구려가 백제를 막아주는 방파제가 될 수 있다는 현실적인 필요성에 의해 친고구려정책을 취한 것이다. 때마침 고구려 또한 백제의 대외정책 변화에 부응하여 대당강경파(對唐强硬派)인 연개소문(淵蓋蘇文)이 집권하였다.

의자왕이 노린 또 다른 측면은 두 나라(고구려·백제)가 화해함으로써 신라를 고립시킬 수 있다는 사실이다. 고구려와 화친을 통하여 중국 대륙의 외풍을 막아냄과 동시에 경쟁국인 신라를 고립시킴으로써 유리한 고지를 선점하려 했던 것이다.

의자왕은 642년 7월에 친히 군사를 거느리고 신라의 40여 성(城)을 빼앗았으며, 8월에는 신라의 수도인 경주로 가는 요충지인 대야성(大耶城)을 함락시킴으로써 신라를 위기에 빠뜨렸다.

신라는 이를 돌파하고자 고구려와 일본에 도움을 요청하였으나 실패하였다. 이에 신라는 당에 의존함으로써 국가의 어려운 난관을 돌파하고자 하였다.

백제 또한 고구려와 연합해 신라의 당항성(黨項城, 현재 경기도 화성시 서신면 일대)을 공격하여 신라의 대중국 통교(通交)를 위협하였다. 645년 신라가 고구려를 공격한 당에 협조하자 백제는 이 틈을 타서 신라의 7성을 공격하였다.

647년 신라에서는 김춘추(金春秋)-김유신(金庾信) 연합세력이 비담(毗曇)과 염종(廉宗)을 제압하고 집권하면서 친당정책(親唐政策)을 수립했고, 일본 열도에서도 645년 전횡하던 소아(蘇我) 씨 일족을 주살하고 천왕의 친정체제를 강화한 타이카 개신(大化改新)이 발생하였다.

이렇게 당의 팽창주의에 주변 나라가 소용돌이를 치는 가운데 의자왕은 신라를 궁지로 몰아넣은 실리정책(實利政策)을 취하였다.

하지만 당은 645년과 647~648년 연이은 고구려의 공격이 실패로 돌아가자 다른 방법을 찾게 된다. 그것은 고구려를 측면지원하고 있는 백제를 차단하여 고구려-백제-왜로 이어지는 라인을 붕괴시키는 것이었다.

651년에 '당은 백제에게 신라와 싸우지 말고 협력할 것을 강력히 요구하고, 이를 따르지 않을 경우 응분의 대가가 따를 것'을 천명하였다. 하지만 백제는 655년 고구려·말갈(靺鞨)과 함께 신라 북쪽의 30여 성을 빼앗아 신라를 더욱 궁지로 몰았다. 당의 경고에도 불구하고 의자왕은 당이 아닌 고구려 편에 섰던 것이다. 이 시기 고구려와 백제가 대규모 사절단을 야마토(大和) 정부에 보낸 사실도 고구려-백제-왜, 이렇게 세 나라의 협력 관계를 말해준다.

그러나 655년 시점부터 백제 멸망에 관한 조짐이 나타나기 시작했다. 신라를 공격하기 직전에 '붉은 말이 북악(北岳)의 오함사(烏含寺, 오합사)로 들어가 울면서 불당을 돌다가 며칠 만에 죽었다'는 기록이 전해지고 있다.

오함사는 전쟁에 희생된 원혼들이 불계(佛界)에 오르기를 기원하면서 세운 사찰로, 하필 이곳에서 전쟁과 관련된 말이 죽은 것은 범상치 않은 징조였다.

656년 성충이 전쟁을 예언하며, 기벌포(伎伐浦)와 탄현(炭峴)을 방비할 것을 권고하며 옥사(獄死)한 것도 이 무렵이다.

실제 655년을 기점으로 의자왕 정권에서도 큰 변화가 일어났다. 이때 정치의 일선에 나선 인물이 군대부인(君大夫人)인 은고왕비이다. 그녀의 등장은 의자왕 집권 초기에 소외되었던 왕족들의 권력 장악으로 보고 이런 상황을 지배층의 분열로 인한 백제 멸망으로 추측하기도 한다(그래서 혹자들은 은고왕비를 요사스런 경국지색이라고도 말한다.). 또한, 태자가 부여융과 부여효(扶餘孝)로 병기된 것에 주목하여 태자 교체와 관련된 정치 변동이 있었을 것으로도 본다.

반면 신라는 김춘추의 집권 이후 당의 의관제(衣冠制) 도입과, 연호의 사용 등 적극적인 친당정책을 추진하여 당이 친신라정책(親新羅政策)으로 기울 수 있는 여건을 마련하였다. 이러한 상황에서 655년 백제가 당의 통첩을 무시하자 백제를 먼저 정벌하는 쪽으로 선회한 것이다.

당의 백제 정벌은 이미 659년에 준비 단계에 이른 것으로 보인다. 659년부터 『삼국사기(三國史記)』 백제본기(百濟本紀)가 백제 멸망 관련 기사로 일관한 것은 이를 대변해준다. 이러한 준비 과정을 거쳐 660년 당의 소정방(蘇定方)이 이끈 13만 대군이 황해를 횡단하여 기벌포에 상륙하였다.

계백(階伯)의 5천 결사대는 김유신이 이끈 5만의 신라군을 황산

벌(黃山伐)에서 저지하려 하였으나 역부족이었다. 그 결과 두 나라의 군대가 합류하여 7월 12일 사비성(泗沘城)을 포위하였다.

의자왕은 7월 13일 견고한 요새인 웅진성(현재의 공산성)으로 도망하여 재기를 노렸으나, 둘째 아들 부여태(扶餘泰)와 손자 부여문사(扶餘文思)와의 사이에 알력이 생겨 사비성이 맥없이 무너졌다. 이에 의자왕은 태자 및 웅진방령(熊津方領)의 군대를 거느리고 항복함으로써 백제는 멸망하였다.

그러나 최근에는 발견된 예식진(禰寔進) 묘지명(墓誌銘)에 주목하여, "사태가 위급해지자 웅진방령 예식(禰植)이 의자왕을 사로잡아 투항하였다."는 새로운 견해도 제시되었다.

8월 2일 의자왕은 나당연합군 측과 굴욕적인 항복식을 거행하였다. 이후 9월 3일에 태자 부여효, 왕자 부여태, 부여융, 부여연(扶餘演) 및 대신과 장사(將士) 88명, 백성 12,807명과 함께 소정방에 의해 당나라로 끌려갔다. 660년 백제가 멸망할 당시 의자왕은 60대 중반이 넘은 상당히 연로한 나이였다.

그해 11월 1일 낙양(洛陽)에 도착하여 당 고종(高宗)을 만나 사면을 받았지만, 지친 여정과 나라를 빼앗겼다는 허망감에 사로잡힌 나머지 며칠 뒤에 병사하였다.

〈자료 출처- 한국민족문화 대백과사전〉

의자왕 위혼비

(세종시 전동면 운주산성 소재)

부활의 꿈

공산성에서 울부짖던 의자왕의 한탄을 들은 것일까? 백제의 후예들은 지방에서 분연히 떨치고 일어나 재기와 부활을 꿈꾸게 되었다.

파죽지세로 신라를 향해 위세를 떨쳤던 의자왕이 중국 낙양에서 한 많은 생을 마감한 후, 그의 아들인 부여융은 웅진도독(熊津都督)이 되어 재기를 도모하였지만 백제의 고토(故土)를 신라에게 상실하여 당으로 돌아갈 수밖에 없었다.

그러나 의자왕 정권의 갑작스런 붕괴를 초래한 나당연합군과의 전쟁이 사비도성을 중심으로 한 일부 지역에만 국한된 관계로 지방세력은 온존하였기 때문에 백제부흥운동이 거세게 일어날 수 있는 배경이 되었다.

백제부흥운동

백제가 멸망한 이후 복신(福信)·흑치상지(黑齒常之)·도침(道琛)을 중심으로 한 인물들은 661년 1월 일본에 가 있던 의자왕의 아들 부여풍(扶餘豊)을 옹립하고, 백제부흥운동을 꾀하였다.

사비성이 함락되자, 달솔(達率) 흑치상지는 부장 10여 명과 함께 임존성(任存城)을 거점으로 10일 만에 3만 명의 병력을 규합, 소정방이 보낸 당나라군을 격퇴하면서 200여 성을 회복하는 쾌거를 이루었다.

한편, 의자왕과 종형제인 부여복신은 승려 도침과 함께 주류성(周留城, 지금의 세종시 전동면에 있는 운주산성)에 웅거해 구원병을 요청하였다. 백강(白江)과 사비성 중간지점에 있는 주류성은 소정방이 직접 사비성을 공격한 까닭에 백제 병력이 온전하게 남아 있었다.

백제부흥군이 사비성으로 쳐들어가 남쪽에 목책을 설치하고 나당연합군을 괴롭히자 남아 있던 백제군이 합세해 20여 성이 복신에게 호응하였다.

그런데 이렇게 사비성이 외부와 연락이 끊기고 고립상태에 빠지자, 신라 태종무열왕은 직접 군사를 이끌고 사비성으로 향하였다. 그리고 당으로부터 웅진도독에 임명된 왕문도(王文度)는 백제부흥군을 토벌하기 위해 보은에 있는 삼년산성(三年山城)에서 나당연합군과 합류하였다. 그러던 중 왕문도가 급사하자 태종무열왕은 직접 군사를 거느리고 이례성(尒禮城, 현재 논산시 노성면)을 탈환하면서 백제부흥군에 호응했던 20여 성이 모두 신라군에게 함락되었다.

백제부흥운동이 패하자 복신은 임존성으로 퇴각, 흑치상지와 합류해 사비성 공격을 도모하고자 일본에 있던 왕자 풍의 귀국을 독촉하였다. 그러나 앞서 3월에 왕문도의 후임, 유인궤(劉仁軌)가 백제에 온다는 소식이 전해졌다.

복신은 먼저 유인궤의 군대와 사비성의 유인원(劉仁願) 군사가 합세하는 것을 방해하기 위해 주류성으로 진출하고 백강 하류 연안에 목책을 세우는 한편 재차 사비성을 압박하였다. 이때 유인궤는 사비성을 근거지로 신라군과 합세하여 주류성을 공격했다. 그러나 백제부흥군이 나당연합군을 크게 쳐부수자, 신라군은 본국으로 철수하고 유인궤도 사비성으로 돌아갔다.

복신은 부흥군의 본거지인 임존성으로 돌아와 기회를 엿보고 있던 그해 6월 태종무열왕이 죽고 문무왕이 즉위했다는 소식을 접했다. 또한, 나당연합군이 고구려 정벌에 나서자 호기(好期)로 판단하고 금강 동쪽의 여러 성을 점령, 사비성과 웅진성 방면의 당나라군과 신라의 연결로를 막았다.

이에 당나라군은 신라에게 웅진도의 개통을 요구했고, 고구려로 향하던 신라군은 방향을 돌려 옹산성(甕山城, 현재 대전 부근)을 공격하였다. 그런데 옹산성을 비롯해 사정성(沙井城), 정현성(貞峴城) 등 대부분의 성들이 백제부흥군의 손에 들어감으로써 웅진성과 사비성에 있는 나당연합군의 보급로가 끊기게 되었다.

그런데 아사지경(餓死之境)에 빠진 나당연합군은 오히려 '궁지에 몰린 고양이'의 괴력으로 옹산성을 먼저 탈환하였다.

백제부흥군 역시 일본으로부터의 지원군이 도착하지 않아 고전하고 있었다. 이듬해인 662년 5월이 되어서야 왕자 풍과 함께 170척의 병력과 무기·군량 등을 실은 일본 지원군이 도착하였다. 이에 용기를 얻은 복신은 다시 금강 동쪽에 공격을 개시하면서 크게 기세를 떨쳤다.

복신과 왕자 풍은 663년 2월 주류성으로 돌아왔다. 그런데 이 무렵 복신은 도침과 의견이 엇갈리면서 복신이 도침을 살해했다. 백제부흥운동의 초창기부터 도침은 영차장군(領車將軍), 복신은 상령장군(霜岑將軍)으로 칭하면서 두 사람은 의기투합하였는데, 도침이 살해됨으로써 부흥운동에 큰 타격을 입게 되었다.

이런 상황을 틈타 당나라는 손인사(孫仁師)에게 7천 명의 병력을 주어 백제부흥군을 치게 했고 신라도 출병하여 합세했다. 설상가상으로 왕족 복신과 왕자 풍 사이에서도 불화가 일어나 풍은 복신을 살해하였다.

백제부흥운동의 주역인 복신이 죽고 나당연합군이 부흥운동의 본거지인 주류성을 공격하자, 왕자 풍은 고구려로 도망가고 일본 구원군은 백강에서 크게 패했다. 이로써 백제가 멸망한 660년부터 663년까지 약 4년에 걸쳐 일어났던 백제부흥운동은 결국 실패로 끝났다.

〈자료 출처- 한국민족문화 대백과사전〉

운주산성(옛 지명 주류성) 초입에 자리 잡은 운주산성 고산사

백제부흥운동군 공적비 (운주산성 고산사 내)

기득권 밖 세력들의 함정, 적전분열(敵前分裂)

실패는 겸허함과 지혜 그리고 단단한 정신력을 선물로 준다. 또한 실패를 제대로 분석하면 더 나은 성공을 위한 밑거름이 된다. 그렇다면 역사를 통해 알게 된 백제부흥운동을 통해 후손들은 어떤 자세를 가져야 할까?

우선 백제부흥운동의 실패 원인을 살펴보면 첫째, 부흥운동군 내부의 다툼으로 인한 세력약화이다. 복신이 도침을 살해한 이후, 다시 부여풍과 복신의 주도권 갈등이 이어졌다. 결국, 663년 부여풍이 복신마저 처형함으로써 부흥군 내부의 갈등이 증폭되었다. 이에 따라 일부는 당에 투항하고 또 다른 일부는 부여풍에게 합류를 거부함으로써 백제부흥군은 급속히 위축될 수밖에 없었다.

일설에 의하면, 승려인 도참이 부처님 도움으로 신라를 막아내고 국태민안(國泰民安)을 기원하자고 주장하여 익산에 미륵사지 석탑*을 축조하느라 막대한 물자와 인력을 소모하여 군사력이 쇠퇴하자 복신은 어려운 형편에 낭비했다고 도참을 죽였다. 이에 태자풍은 복신이 왕자인 자기 앞에서 감히 무엄하게도 승려인 도참을 죽이는 만행을

* 익산의 미륵사지 석탑을 축조하면서 백만 개 이상의 크고 작은 돌이 산을 이루었고 사찰의 대지와 건평은 만여 평이라고 알려짐.

저질렀다고 화가 치솟아 복신을 죽이게 되면서 백제부흥운동의 주역들은 역사 속으로 사라지게 되었다.

이처럼 기득권 밖 세력으로 재기를 노리는 자들의 조급함이 초래한 분노의 악순환과 적전분열(敵前分裂)은 백제역사를 크게 바꾸었을지도 모를 부흥운동의 종말을 맞이하게 하였다.

둘째, 고구려와 왜의 지원이 실패로 돌아간 점이다. 고구려는 당과의 전쟁으로 백제를 직접적으로 지원할 여력이 없었다. 그나마 파견됐던 지원군 역시 손인사(孫仁師)의 당나라군에게 궤멸되었다. 왜도 백강전투에서 전멸함으로써 더 이상의 지원은 불가능하게 되었던 것이다. 운(運)의 영역이라고 할 수 있는 '주변이 도와주지 않는다.'는 말은 이럴 때 적절할 것 같다.

셋째, 경제적 기반의 상실이다. 부흥군은 초기 백제 남부 평양지대의 농업생산을 바탕으로 물자를 원활히 공급받을 수 있었다. 그러나 이 지역이 신라에게 넘어가고 왜로부터의 군량 지원도 끊기게 되자 물자 부족으로 부흥운동을 지속하기 어려웠던 것이다.

이러한 사정 때문에 군량미 부족을 충당하고자 이가 검고(흑치, 黑齒) 힘이 장사였다고 전해져 내려오는 흑치상지는 농사를 지으면서 백제부흥운동을 하였다고 한다. 지금도 충남 당진시 순성면에 가면 '검은

이뜰(또는 검은들)'이라는 마을이 있는데 백제를 다시 일으키려는 흑치상지의 열망이 서려서일까? 그곳은 오래전부터 충청지역의 기름진 땅으로 알려져 있다.

비록 성공하지는 못했지만 백제부흥군의 4년간에 걸친 항쟁은 당군의 활동범위를 사비 및 웅진으로 제한시킴으로써 5개의 도독부를 설치하여 백제 전역을 지배하려고 했던 야욕을 무산시켰다. 또한, 남북으로 협공하여 고구려를 멸망시키려던 당의 의도를 일시적으로 지연시키는 결과도 함께 가져왔다.

백제부흥운동의 주역들이 좀 더 느긋하게 행동하고 길게 바라보았더라면 하는 아쉬움이 남는다. 그렇더라도 백제부흥운동은 백제 후예들의 충의사상(忠義思想)의 발로라는 점에서 그 기상을 높이 살 수 있다. 세종시 전동면에 있는 운주산성 고산사에 가면 부흥운동군과 의자왕의 혼을 위로하는 비가 있다.

뿐만 아니라 현재까지도 부여군 은산(恩山)면에서는 부활의 꿈을 실현하지 못하고 죽은 복신의 넋을 달래기 위해 '은산별신제'를 지내 넋을 위로해주고 있다. 또한, 당시 임존성이 있었던 충남 예산군 대흥면에 가면 도침의 혼을 달래는 도침사가 있다.

김헌창의 난

백제유민들이 이루지 못한 꿈은 통일신라시대에도 계속되었다. 삼국을 통일한 신라는 옛 백제지역을 웅주로 개편하고 '웅주도독'이라는 관리를 두었다.

통일신라 후기에는 치열한 왕위 다툼이 일어나는데, 822년 왕위 다툼에 패한 웅주도독 김헌창은 웅주를 거점으로 신라왕실에 반란을 일으켰다. 웅주는 공주의 옛 이름으로 백제부흥운동의 본산지이기도 했다.

김헌창은 나라 이름을 '정안국'으로 정하였고, 웅주에 사는 옛 백제 사람들의 호응을 얻으면서 처음에는 크게 기세를 떨쳤다. 그러나 신라 정예군의 반격을 받은 반란군은 웅진성(지금의 공산성)으로 피신하고 김헌창은 자결하고 만다. 김헌창과 함께 백제부흥을 꿈꾸었던 백제유민들도 애석하게도 꿈을 접을 수밖에 없었다. 힘이 너무도 미약하여 소망을 이루지 못한 백제 선조들의 절박한 몸부림이 어떠했을까 상상해본다.

공주 신도심에서 바라본
신관금강공원과 공산성

세계문화유산, 공산성

하늘에서 바라본 공산성과 공주 구도심

공산성 성벽을 바라보다

앞에는 가파른 언덕 밑으로 강물이 유유히 흐르고, 뒤에는 산이 삼면으로 감싸고 있는 천혜의 요새인 공산성. 이곳은 멀리는 백제의 의자왕으로부터 가까이는 김구 선생까지 잠시 피신하여 에너지를 비축하면서 후일을 도모했었던, 역사 속 인물들의 이야기가 많은 곳이다.

강과 숲의 조망이 절경을 이루는 공산성은 백제시대 축성된 산성으로 백제 때에는 '웅진성'으로 불렀다가 고려시대 이후 '공산성'으로 불리게 되었다. 475년(문주왕 1) 한산성(漢山城)에서 웅진(熊津)으로 천도하였다가 538년(성왕 16)에 부여로 천도할 때까지 5대 64년간의 도읍지인 공주를 수호하기 위하여 축조한 것으로, 당시의 중심 산성이었다.

사적 제12호인 공산성은 총연장 2,660m의 고대 성곽으로 해발 110m의 능선에 위치하는 천연의 요지로, 동서로 약 800m, 남북으로 약 400m 정도의 장방형을 이루고 있다. 원래는 백제 시대의 토성이었던 것을 조선 시대 때 석성으로 다시 쌓은 것이다.

성안에는 웅진 도읍기의 추정 왕궁지를 비롯해 백제시대 연못 2

개소, 혼령이 숨은 곳이라는 호국사찰 영은사, 조선시대 인조대왕이 이괄의 난을 피해 머물렀던 쌍수정과 사적비, 남문인 진남루, 북문인 공북루 등이 남아 있다.

동문과 서문은 최근에 복원하였으며 주변에는 유유히 흐르는 금강과 울창한 숲이 어우러져 절경을 이루고 있다.

쌍수정- 공산성 서쪽 정각

쌍수정은 공산성 진남루 부근의 서쪽 고지대에 위치한 정각이다. 원래 그 터는 인조가 '이괄의 난'으로 공산성 파천 시 머물렀던 장소이며, 이곳에는 두 그루의 나무가 있었다. 인조는 환도하면서 쌍수(두 그루 나무)에 정3품을 하사하였다. 그런데 그 후에 나무는 죽고 흔적을 찾아볼 수 없게 되자, 유지를 기념하기 위하여 영조 10년에 관찰사 이수항이 쌍수정을 건립한 것으로 전해진다.

쌍수정은 정조 11년, 고종 7년, 1947년에 걸쳐 중수되어 오다가 1970년에 건물은 전면 해체되고 새로이 복원하여 오늘에 이르고 있다.

현재 복원된 쌍수정의 건물은 본래의 형상을 정확하게 반영한 것은 아닌 것으로 전해진다. 자료에 의하면, 건물은 이 층의 누각이며 누각 주변에 담장시설이 있었던 것으로 확인된다. 지금의 건물은 정면 3칸, 측면 2칸으로 조선 후기 전형적 누각의 형상을 모방하고 있지만, 원형과는 다소 차이가 나는 모습을 보인다.

쌍수정

'백제왕궁'은 어디였을까?

공산성 내 서쪽의 표고 85m의 정상부, 종래 쌍수정 광장으로 불려 왔던 약 6,800㎡(2,060평 정도)의 면적이 추정 왕궁지다. 『삼국사기』에 의하면, "임류각은 궁의 동쪽에 건립되었다."라고 기록되어 있어 1980년에 조사된 임류각지에서 서쪽으로 왕궁이 입지할 수 있는 위치는 이곳일 수밖에 없다는 논거로 1985년부터 1986년에 걸쳐 조사되었다.

발굴조사 결과로 확인된 유적은 건물지를 비롯하여 용수를 저장할 수 있는 연못과 목곽고 및 저장구덩이 등이 확인되었고, 이들 유구나 출토된 유물들이 백제시대 왕궁지의 가능성을 높여주었다.

확인된 건물지로는 반지하식 건물지, 굴건식 주공을 사용한 건물지, 적심석을 사용한 건물지 2개소와 연지, 저장혈, 목곽고 등이 있다. 굴건식 건물지까지는 백제가 웅진으로 남천하기 이전의 유적이며 적심석을 사용한 건물지는 남천 후, 즉 왕궁지의 시설과 관련된 것으로 추정되며 각각 24칸, 10칸 규모였다.

함께 발견된 토기나 기와는 부식이 심하고 출토 위치가 불분명하지만, 조사된 건물지의 중요성을 입증해주는 것으로 판단되며 의자왕이 사비성에서 쫓겨 공산성에 숨어들어 최후의 혈투를 결행하였다는 추측이 신빙성을 얻고 있는 유적이기도 하다.

쌍수정 앞 광장이 추정 왕궁터이며 남쪽에는 연못이 있었다.

공산성 연못

연못은 쌍수정 전면 광장의 남쪽 지역에 위치하고 있다. 지면을 깊게 파고 그 안에 자연석을 원형으로 쌓아 만든 것이다. 규모는 상면의 너비가 7.3m, 바닥의 너비가 3.0m, 깊이는 4.18m이다. 전체적인 형상은 원뿔(대접) 모양으로 정연한 축석으로 이루어졌는데 원상을 유지하고 있던 것이다. 이 연못은 외형상으로는 왕궁지 앞의 조경시설이지만, 용수 저장시설로도 이용되어 연못의 물은 외부에서 길어다 채운 것으로도 추측된다.

한편 연못 안에서 흙이 완전하게 채워져 있으면서 기와나 토기 등의 각종 유물이 많이 포함되어 있었던바, 유물들은 전부 백제시대의 것이다. 다량으로 출토된 기와는 소박하지만, 균형과 유려한 멋을 갖추고 있는 것들이며 토기로는 병형토기를 비롯하여 삼족토기, 개물, 등잔 및 벼루 등이 있다.

만하루와 연지

공북루에서 강변 성곽길을 따라서 남쪽 언덕 너머에 있는 만하루는 조선 영조 시대의 누각으로 홍수로 붕괴, 매몰되었던 것을 1984년에 중건하였다 한다. 앞면 3칸, 옆면 2칸의 목조건물이며 금강 변의 풍광을 즐길 수 있는 곳이기도 하다.

만하루 옆에는 연지가 있으며 만하루 앞의 성곽길 너머 가까이에 영은사가 자리 잡고 있다. 만하루 부근의 고색창연한 고목들이 공산성의 오랜 역사를 말해주고 있고, 그 옆으로 흐르는 금강 물은 산성의 운치를 더해준다.

연지는 공산성 북쪽의 금강과 영은사(靈隱寺) 사이에 있는 연못이다. 공산성에는 우물이 3개 있었다고 전해지나, 이곳과 쌍수정(雙樹亭) 남쪽의 것 2개만 확인되고 있다. 발굴 전까지는 흙으로 덮여 있었으나 1982년부터 1983년에 걸친 발굴조사 결과, 정비한 것이다. 금강 가까이에서 물을 쉽게 확보할 수 있는 지형상의 조건을 이용하여 만들었다.

연못의 가장자리가 무너지지 않도록 돌로 층단을 쌓았으며 수면에 접근할 수 있도록 북쪽과 남쪽에 계단 시설을 하였다. 연못의 축석 상태를 보면, 모두 단을 두어 쌓았으며 전체적인 모습은 위가 넓고 아래가 좁은 형태이다.

임류각- 백제 시절의 연회장으로 추정

임류각지는 공산성의 산정에 위치한 광복루에서 서쪽으로 약 150m 정도 떨어진 산의 중턱 서향 사면에 위치한다. 임류각은 삼

국시대 백제가 공주로 천도한 후, 약 25년이 지난 백제 제24대 동성왕 22년 (493)에 축조된 것으로 『삼국사기』에 기록이 남아 있는 건물이다.

1980년의 조사에서 비로소 알려지게 되었다. 조사된 유지는 정비되어 있으며 건물의 문화적, 학술적 중요성을 감안, 본래의 유지에서 약간 위쪽에 새로이 복원되어 정면 6칸, 측면 7칸의 이 층 형태의 누각 건물이 광복루 아래 광장에 위치하고 있다.

창살 없는 감옥에 사는 왕과 충성심과 처세 사이에서 갈등하며 골머리깨나 아팠을 신하들은 이곳 임류각에서 물소리와 바람 소리, 그리고 가야금 타는 소리에 스트레스를 확 날려 버리지 않았을까?

광복루- 공산성 동쪽의 누각

광복루는 공산성의 동쪽 지역에 위치하는 누각이다. 이곳은 공산성에 유일하게 남아 있는 토성이 겹성으로 위치한 곳인데, 공산성 두 개의 봉우리 중 서쪽의 봉우리에는 쌍수정이 있고 동쪽의 봉우리에는 광복루가 있으며 공산성의 가장 고지대에 위치하여 사방을 조망할 수 있다.

현재 광복루로 불리는 건물은 원래 해상루라 하여 성 내의 중군영(中軍營)의 문루였으나, 중군영이 폐쇄되면서 중군영지에 있던 것을 일제 초기에 옮겨 웅심각(雄心閣)이라 불렀다.

1945년에는 퇴락한 누각을 공주의 주민이 합심하여 다시 보수하였고, 이듬해 4월에 김구, 이시영이 이곳에 이르러 누각에 '국권 회복의 뜻을 기념하는 광복이란 이름을 부여'함으로써 누각 명칭이 바뀌었다.

영은사(靈隱寺)

'영혼이 숨어 있는 사찰'이라는 뜻을 가진 영은사(靈隱寺)! 인간의 간절함은 신에게도 통한다고 했던가? 과연 의자왕의 피맺힌 절규가 급기야 무령왕의 혼령에 감응한 것인지 한참의 세월을 지나 이곳 공산성 깊숙한 곳에 나타나 백제의 옛 땅을 지켜주려고 한 모양이다.

그는 공산성 안의 유일한 절인 영은사를 세우고 후손 중 누군가에게 영감을 주어 당시 백제 상황을 되짚어서 '남쪽에서 쳐들어오는 (신라) 세력을 진압하라'는 진남루(鎭南樓)와 '북쪽 세력과 손잡고 합심하여 자기편의 세력으로 맞이하라'는 공북루(拱北樓)를 마치 계시(啓示)와도 같이 남긴 건 아닐까?

건축의 내용은 『여지도서』에 기록되어 있는데, 동성의 충청도 편에 보면 1603년인 계묘년에 쌍수 산성의 수리가 이루어졌다. 더불어 공북(拱北), 진남(鎭南) 양문을 건립한 내용을 적고 있어 공북루 건물의 축조에 대한 기사를 남기고 있다.

실제로 배산임수에다 천혜의 요새인 영은사는 조선 세조 때 창건, 임진왜란 때에는 승병의 합숙소로 사용되었고, 여기서 훈련된 승병은 영규대사의 인솔로 금산 전투에서 활약함으로써 호국사찰(護國寺刹)로서의 역사적 의의를 지니게 되었다.

금서루- 공산성의 서문

서문은 본래 유지만 남아 있었으나 최근 문지와 함께 새로운 형태로 문루가 복원되었고, 공산성 서쪽 성곽선에 연결되게 성선을 연결하면서 성의 입구를 개구식으로 내고 그 위에 문루를 올린 상태로 있다.

본래의 문지는 성내의 출입시설로 사용되고 있고 복원된 문루는 외형만 겸비하고 출입시설로 사용되지는 않는다.

문의 형태에 대하여 『여지도지』에서는 동·서문은 각각 3칸이란 기록을 남겨 놓고 있다. 서문지의 복원은 1990년에 이르러 본래의 문지에서 약간 남쪽으로 이동하여 3칸 규모의 고주 형태의 문루가 축조되었다.

비록 최근에 새로이 조성된 것이지만, 조선시대 성문의 문루 양식을 재현한 것으로 볼 수 있다.

관광객들의 주 출입구로 사용되는 금서루

입구 쪽 광장에는 백제역사 유적지구 세계유산 등재 기념비가 있다.

금서루 앞에서는 매주 토요일 수문병 교대식이 열리고 있다.

수문병 교대식

진남루(鎭南樓)- 공산성의 남문

공산성의 출입 통로로 이용되고 있는 진남루는 성의 남문이며, 조선시대에는 삼남의 관문이었다. 높은 석축기단을 좌우 대칭으로 조성한 후, 두 석축 기단에 걸쳐 건물을 세워 2층 누각의 효과를 내고 있다.

원래 토성이었던 공산성이 지금과 같은 석성으로 개축된 것은 조선 초기이며 진남루 역시 그때 세워진 것으로 알려졌는데, 그 후 여러 차례 수축(修築)되어 온 것으로 보인다. 지금의 건물은 1971년 전부 해체하여 복원한 것이다.

공북루(拱北樓)- 공산성의 북문

공북루는 공산성에 설치된 문루 중 북문으로, 성문을 나서면 나루를 통하여 금강을 건너게 되어있다. 선조 36년인 1603년에 옛 망북루의 터에 신축한 것으로 그 후 누차 개수가 이루어진 것으로 확인되나, 현존의 것은 본래의 형상을 간직하고 있으며 조선시대 문루 건축의 대표적 예로 꼽는다.

본래 현존 공북루의 자리는 망북루가 자리했던 것으로 전한다. 그러나 유지는 공북루의 동쪽 성벽 상에 초석의 일부만 남아 있을 뿐, 외형은 확인하기가 어렵다. 망북루의 초석은 자연석으로 4매가 지표면에 남아 있다.

성문의 건축은 고주를 사용한 이 층의 다락집 형태로 면적은 남문인 진남루의 2배 정도이다. 요즘 테라스나 다락방이 딸린 아파트의 인기가 높다는데, 진남루나 공북루처럼 탁 트이거나 호젓한 공간을 선호하는 취향은 예나 지금이나 다를 바가 없는 모양이다.

누의 중앙 어칸에는 출입문을 달았던 흔적이 아직도 남아 있어 근세까지 문비가 남아 있었을 것으로 추정된다.

〈자료 출처- 한국관광공사〉

拱北樓

무령임금(武寧王)

고요의 나라 미소의 나라
대 백제 왕이시여!
하늘의 아들이며
백성의 어버이시라
불꽃 모자 옥구슬 소리
꿈속에서 뵈온 듯 아득하고 멀어라
무령 무령왕 무령임금이시여!

비단의 나라 화평의 나라
웅진백제 왕이시여
아직도 고달프고
어지러운 우리들 세상
비옵느니 근심 없고
슬픔 없고 살기 좋은 세상 열어 주소서
무령 무령왕 무령임금이시여!

– 나태주/풀꽃시인

02

송산리 고분군

- 길 위의 철학자
- 왕의 귀환
- 역사 속에서 부활한 꽃미남, 그는 누구인가?
- 중국 한가운데 또 하나의 백제가
- 하마터면 투탕카멘의 저주가?
- 세계문화유산, 무령왕릉
- 길 건너 저쪽에는

길 위의 철학자

60대 초반의 신사가 강변의 한 찻집으로 들어왔다.

찻집에는 대학생으로 보이는 남녀와 구석에서 책을 읽고 있는 중년 남자가 눈에 들어왔다. 번잡하지 않은 가운데 잔잔한 서양 음악 소리가 제법 분위기가 쓸 만했다.

노신사: (혼잣말로) 금강 경치가 여전히 아름답구나! 예전에는 그저 한적하고 유유자적했었는데…….

젊은 남자: 와! 저기 봐! 얼짱 어르신이네. 키도 되게 크시다. 거의 8등신이야. 요즘에도 저런 노인이 있나? 아니, 노인이라고 하긴 너무 지적이고 멋있고 말쑥해. 인기 상승가를 달리고 있는 꽃미남들이 울고 가겠네.

젊은 여자: 뭘 땜시 넋이 빠진 거야?

(뒤를 돌아다보더니) 정말 멋진 할아버지다. 한창때는 모든 여자들의 로망이었겠어. 근데 뭐하시는 분일까?

노신사: 갈증이 나는데, 여기 뭐 마실 것 좀 없나요?

카운터에 앉아 스마트폰을 들여다보던 주인장이 벌떡 일어나 노인 옆으로 간다.

찻집 주인장: 어르신, 여긴 주로 젊은이들이 커피 마시는 곳인데……. 한방차나 허브차도 드릴 수 있습니다. (각종 차의 간단한 효능이 친절하게 표기된 메뉴판을 보여준다.)

노신사: 나도 저 젊은이들이 마시고 있는 갈색 차를 마시고 싶네. 특이한 향에 맛도 구수할 것 같구먼.

찻집주인: 아! 커피요. (잠시 후 분쇄 커피를 준비해서 노신사에게 갖다 주며) 요즘 나이 불문하고 가장 많이 마시는 아메리카노 커피에요. 맛이 쓰면 설탕이나 시럽을 드릴게요.

노신사: 괜찮아요. 나도 요즘 차 좀 마셔 봅시다. (뜨거운 김이 나는 커피를 지그시 바라보며) '차는 인생의 쉼표 같은 것이지……. 이렇게 차를 마시듯 한 박자 쉴 줄 알아야 매사에 탈이 적어.'

(카페주인장을 바라보며) 주인장, 안 그런가?

카페주인: 네, 저도 동감입니다.

곁에 앉아서 줄곧 노신사를 바라보던 젊은 남녀가 이쪽을 바라본다.

젊은 남자: (재빨리 다가와서) 어르신, 저희랑 같이 대화를 나누실 수 있으신지요?

노신사: 젊은이들이 이 늙은이가 무슨 재미가 있겠어. 고맙긴 한데……. 자네들끼리 얘기해야지.

그러나 노신사는 싫지 않은 표정으로 젊은 그들과 합류한다.
그들을 미소로 바라보던 찻집 주인이 LP판을 하나 고른다.

Grandfather's Clock(할아버지 시계)

My grandfather's clock was too large for the shelf,

할아버지의 시계는 벽에 걸기엔 너무나 커서

So it stood ninety years on the floor;

90년 동안이나 마루에 세워놓았었죠.

It was taller by half than the old man himself,

그 시계는 할아버지 키의 반도 넘었죠.

Though it weighed not a pennyweight more.

비록 무게는 별로 나가지 않았지만 말이에요.

It was bought on the morn of the day that he was born,

그 시계는 할아버지가 태어나시던 날에 산 시계였기에

And was always his treasure and pride

할아버지는 늘 그 시계를 보물처럼 아끼곤 하셨죠.

But it stopp'd short-never to go again-When the old man died

하지만 그 시계는 할아버지가 돌아가시자마자 다시는 움직이지 않았어요.

In watching its pendulum swing to and fro,

시계추가 왔다 갔다 하는 것을 보시면서

Many hours had he spent while a boy

할아버지는 어린 시절을 보내셨어요.

And in childhood and manhood the clock seemed to know

할아버지가 커가는 동안

And to share both his grief and his joy.

그 시계는 언제나 할아버지와 함께 기쁨과 슬픔을 함께하곤 하였죠.

For it struck twenty-four when he entered at the door,

시곗바늘이 밤 12시를 가리키는 시간에 할아버지가 들어오셔도

With a blooming and beautiful bride;

그 시계는 화사한 신부처럼 할아버지를 맞아주곤 했어요.

But it stopped short-never to go again-When the old man died.

하지만 그 시계는 할아버지가 돌아가시자마자 다시는 움직이지 않았어요.

Ninety years without slumbering(tick, tick, tick, tick),

90년 동안이나 한순간도 멈추지 않고 똑-딱! 똑-딱!

His life seconds numbering. (tick, tick, tick, tick),

늘 할아버지의 삶과 함께했었는데 말이에요. 똑-딱! 똑-딱!

It stopp'd short-never to go again-When the old man died.

그 시계는 할아버지가 돌아가시자 멈춰버리고 말았어요.

My grandfather said that of those he could hire,
Not a servant so faithful he found
할아버지께서 말씀하셨어요. "내가 어디서 저렇게 충직한 하인을 고용할 수 있겠니?

For it wasted no time, and had but one desire—
시간을 낭비하지도 않고, 무엇을 요구하지도 않고,

At the close of each week to be wound. And it kept in its place
언제나 변함없이 항상 그 자리를 지킨단다.

not a frown upon its face,
인상을 찡그리지도,

And its hands never hung by its side.
함부로 손을 휘젓지도 않고 말이야."

But it stopp'd short-never to go again-When the old man died.
그러나 그 시계는 할아버지가 돌아가시자 금방 멈추고 말았어요.

It rang an alarm in the dead of the night—
An alarm that for years had been dumb;
할아버지가 돌아가시는 날 밤
그 시계는 예전엔 들어볼 수 없었던 요란한 소리를 내며 울었어요.

And we knew that his spirit was pluming for flight—

그래서 우리는 할아버지의 영혼이 떠나가고 있고

That his hour of departure had come.

이제는 우리가 헤어져야 할 시간이 되었다는 것을 알았죠.

Still the clock kept the time, with a soft and muffled chime,

As we silently stood by his side

그 시계는 아직도 여전히 들리지 않는 소리로

우리들 곁에서 시간을 알려주고 있답니다.

But it stopp'd short-never to go again-

When the old man died.

하지만 그 시계는 할아버지가 돌아가시자마자

다시는 움직이지 않았어요.

Ninety years without slumbering(tick, tick, tick, tick),

90년 동안이나 한순간도 멈추지 않고 똑-딱! 똑-딱!

His life seconds numbering (tick, tick, tick, tick),

늘 할아버지의 삶과 함께했었는데 말이에요. 똑-딱! 똑-딱!

It stopp'd short-never to go again-When the old man died.

그 시계는 할아버지가 돌아가시자 멈춰버리고 말았어요.

*「할아버지 시계(My Grandfather's Clock)」는 아메리카 합중국의 대중음악이다. 작사·작곡은 헨리 클레이 워크로, 1876년에 발표되어 당시 미국에서 악보가 100만 부 이상 팔렸다. 워크가 영국을 방문하고 있을 때, 숙박지의 호텔의 주인에게 들은 이야기에 힌트를 얻고 노래로 한 것이라고 한다.

노신사: 근데 정겹고 애잔한 이 음악은 뭐지? 틱톡틱톡 소리가 나는구먼. 곡은 모르지만, 내가 다시 소년으로 돌아간 느낌이 드네.

젊은 여자: 아! 「할아버지의 시계」라는 미국의 대중가요에요. 저도 이 음악을 들으며 어릴 때 저를 많이 귀여워 해주신 할머니와 할아버지가 생각나 눈시울이 뜨거워지곤 했어요.

노신사: 아! 멜로디만 들어도 그림이 그려지는 곡이구나. 내게도 귀여운 손주 녀석들이 있었지. (입술을 꾹 다물고 지그시 눈을 감는다.) 예전에는 저기 공산성 임류각에서 일 년에 서너 번쯤 가야금 타는 소리를 들었는데……. 이 음악은 느낌이 많이 다르구나. 곡 하나로 많은 얘기를 해주는 것 같아. 여러 악기가 연주하는 곡인가 보구나.
(김이 적당히 가신 커피를 한 모금 마시며) '음악이란 슬픔, 그리움, 분노, 상처 등 인간의 온갖 아픈 감정을 달래는 힘이 있어.'

젊은 여자: 와! 어르신은 정말 멋쟁이 할아버지시네요. 저도 기분 엄청 안 좋거나 우울할 때 음악을 들으면 묘하게 차분해져요. 건반악기와 현악기를 동시에 연주하는 곡이네요. 그래서인지 느낌이 풍부해요.

(마치 손녀와 같은 표정으로 노신사의 팔을 잡아끌 요량으로) 저희랑 같이 밥 먹으러 나가요.

젊은 남자: 그래요. 이 고장은 국밥이 유명해요. 저희가 국밥 사드리려고요.

노신사: 국밥이라……. 예전에 장터나 주막에서 먹던 그런 국밥 말인가? 나도 몰래 나가서 먹어 본 적이 있긴 하지. 그래, 먹어보자.

젊은 남자, 젊은 여자, 노신사 셋은 찻값을 치르고 밖으로 나간다. 노신사는 카운터에 엽전 모양의 동전을 하나 놓고 나간다.

여러 사람으로 북적대는 시장의 국밥집.

노신사: 무슨 잔치라도 있었나? 사람들이 많구나.

젊은 남자: 아니에요. 이 고장은 5일마다 장이 서는데, 오늘이 장날이에요. 그래서 장 보러 나온 사람들이 국밥의 한 그릇 먹으려고 몰려 들어온 거예요.

노신사: 오! 장날이라 이것저것 물물교환을 하러 나오는 모양이구나.

젊은 남자와 여자는 서로 바라보며 찡끗 웃는다. 셋은 주문한 국밥에 밥을 말아서 후루룩 먹기 시작한다.

노신사: '밥은 사람을 친해지게 하지. 비록 서먹서먹했던 사이라 해도 밥을 함께 먹으면 왠지 동지애(同志愛) 같은 게 생긴다고나 할까?' 그리고 국물이 있는 음식은 왠지 인심 좋은 아낙네처럼 훈훈한 느낌이 들어. 그래서인지 여기 인심이 그리 박해 보이진 않는구나. 푸짐하게 준 반찬도 정갈하고…….

젊은 여자: 맞아요. 불편하고 어색한 사람도 밥을 같이 먹으면 왠지 친해지는 느낌이 들어요.

젊은 남자: 어르신, 그렇더라고 밥을 같이 먹고 싶지 않은 사람은 있거든요. 그런 경우는 고역이란 말이에요.

노신사: 물론 그런 경우도 있겠지. 그러나 밥을 같이 먹다 보면 그 사람의 입장이 조금씩 이해되지 않을까? 굳이 상대방을 좋아하라는 것은 아니지만, 역지사지(易地思之)로 생각하다 보면 우선 내 맘이 좀 편안해지니까. '미움이나 분노라는 것은 남의 잘못으로 내게 벌주는 것'이라는 말도 있잖아. 비생산적인 에너지 소모일 뿐이야.

젊은 여자: 어르신은 마치 '길 위의 철학자' 같으세요. 그리고 현대인의 감각과 열린 사고를 가지신 분이에요.

(젊은 남자를 가리키며) 국밥은 이 친구가 산다니까, 제가 치맥 쏠게요.

노신사: 허허, 내가 젊은이들에게 신세가 많구먼.

젊은 남자, 젊은 여자, 노신사 이렇게 셋은 제민천변을 거닐고 있다.

노신사: 그런데 아까 젊은이가 나더러 철학자 같다고 했던가? '철학이란 지혜를 사랑하는 학문이고, 철학자란 지혜를 사랑하는 사람이란 뜻이지.' 자네들도 철학자가 이미 아니던가? 굳이 동서양의 방대하고 심오한 사상을 다 섭렵하지 않더라도, 지혜를 사랑하는 사람이라면 철학자라 할 수 있네.

젊은 여자: 에이, 어르신은 그렇게 말씀하시지만, 철학은 제게는 아직 갈피도 잡기 어려운 학문이에요.

젊은 남자: 제 생각에도 철학은 인생의 단맛 쓴맛을 어느 정도 맛본 중년쯤 되어야 조금씩 눈뜨는 게 아닐까 싶은데요.

노신사: (다소 걷기가 힘겨운 듯 천변의 벤치에 기댄다.) 자네들은 걷기를 좋아하나?

젊은 남자: 네, 요즘은 남녀노소를 불문하고 걷기가 대세에요. 그래서 어느 도시를 가든 산책로 정비가 잘 되어 있잖아요.

젊은 여자: 요즘 다양한 운동이 있긴 하지만……. 무심코 걷다 보면 생각을 가다듬게 되고 평정심을 갖게 되며 간혹 아이디어 같은 게 떠오르기도 해요.

노신사: 바로 그거야. 고대로부터 철학자나 예술가가 길 위에서 영감을 얻었다는 얘기를 많이 들어보았겠지?

젊은 남자: 아, 네. 장 자크 루소의 『고독한 산책자의 명상』이란 책 이름도 들어본 것 같아요. 루소도 철학자 맞잖아요.

노신사: '걷기는 지혜로 가는 길이고 철학의 시작인 셈이지.' (얘기를 마치고 제민천변의 정취를 그윽한 눈을 바라본다.) 이곳은 금강이 남북을 가로지르고, 남쪽에는 제민천이, 북쪽에는 정안천이 흐르는 물이 아주 풍부한 곳이야. 천혜의 입지조건 덕분에 백제의 수도가 되었지. 물은 물의 철학자인 노자를 연상케 해. '상선약수(최고의 선은 물과 같다)'야말로 최고의 덕목이야. 공주에 사는 사람도 노자의 상선약수처럼 '물처럼 너그럽고 겸손하고 평온을 즐긴다면 좋을 것 같네.'

두 사람은 노신사의 이야기에 취한 듯 경청하면서 걷는다.

젊은 여자: 거의 다 와 가는데요. (한 호프집을 가리키며) 저기에요!

젊은 남자: (노신사 쪽을 바라본다. 그런데 방금 곁에 있던 노신사가 보이지 않는다.) 어르신이 어디 가신 거지? 피곤해 보이시던데……. 어디서 쓰러지신 건 아닐까? 이럴 줄 알았으면 잘 부축해드릴걸…….

젊은 여자: 어르신이 혹시 치맥을 못 드셔서 그냥 가셨나? 치아가 약하실 테니까……. 에이, 다른 걸 사드린다고 할 걸 그랬나 봐.

둘은 서둘러 노신사가 앉았던 벤치에 되돌아가 본다. 그러나 그곳에는 노인 대신 녹슨 엽전 3개만 덩그러니 놓여있다. 둘은 엽전을 가까이 들여다보고 깜짝 놀란다.

왕의 귀환

역사학도인 청년은 창가의 햇살에 눈이 부신 듯 잠에서 깨어났다. 밤새 꿈을 꾸었는데 꿈이라기엔 너무도 생생한 스토리였다. 한참 동안 침대에 누워 골똘히 생각하더니 어디론가 전화를 한다.

청년: 어젯밤 꿈속에서 어떤 잘생긴 노인을 만났는데, 아무래도 예사롭지 않은 사람인 듯해. 혹시 내가 그렇게도 보고 싶었던 무령왕이 아닐까? 하도 보고 싶어 하니까 현몽한 게 아닐까 싶어. 아무튼, 신비로운 꿈이었어.
한 번 더 나타나셨으면 좋겠다. 인사 제대로 하고 이것저것 궁금한 것도 막 여쭈어보게 말이야. 그럼 백제역사를 연구하는 데 도움이 될 텐데…….

친구: (전화기 속 목소리) 와, 대박이다. 얼마나 그리워하면 고대의 임금님이 네 꿈속에 다 나타나니? 어떻게 생기셨어? 혹시 왕비는 안 나타나고?
무령왕릉에서 나타난 왕비의 것으로 추정되는 어금니 알지? 고고학자들이 어금니의 주인공은 나이가 30대일 거라고 얘기하잖아. 무령왕은 62세에 운명하셨으니 혹시 함께 순장된 것은 아닐까? 아, 불쌍해. 한참 젊은 나이에…….

청년: 에이, 무슨 순장이야, 비약이 심하잖아? 순장은 그 이전 시대에 있는 풍습이라고 배웠잖아. 근데 무덤과 함께 발굴된 오수전을 보았어. 일명 '노잣돈'이라는 거야. 고대에는 죽은 사람 머리맡에 긴 여행길에 쓰라고 동전을 놓는 풍습이 있었던 모양이야. 그나저나 그 노인은 무슨 '거리의 철학자' 같은 말씀을 한 줄로 멋지게 표현하시더라고.

친구: 무령왕이 후세사람들에게 현몽하셨으면, '백제의 정신을 잘 계승하라.'라는 의미가 아닐까? 온유하고 너그럽고…… 뭐, 그런 게 아닐까?

청년: 백제인은 또한 예술을 사랑했잖아. 무령왕릉에서 출토된 유물이 백제가 찬란한 문화강국이었음을 입증하잖아.

친구: 아마도 후손들에게 뭔가 당부하고 싶으신 게 아닐까? 백제왕도(百濟王都)인 우리 공주인들에게 말이야.

청년: 노자의 상선약수(上善若水)라는 말씀도 하셨어. '최고의 선은 물처럼 겸허하고 너그럽고 고요하다.'라는 거야. 공주는 금강뿐만 아니라 제민천, 정안천 등 물이 풍부한 고장이라고 하시면서 상선약수의 고장이라고 하셨어.

친구: 칫! 백제인들이 너그럽다는 것과는 거리가 있지 않나? 백제부흥운동도 내분으로 실패하고 말았잖아. 그리고 공주가 물이 많은 고장이기는 하나, 삼면이 산으로 둘러싸여서 그런지 폐쇄적이고 텃세가 좀 있다고도 들었어. 알았다! 네 꿈에 나타나신 분이 무령왕이 맞는다면 흐르는 물처럼 살아가라는 훈시 같은 걸 남기고 가신 거야.

청년: 넌 '배타적이다, 폐쇄적이다' 하는 공주의 지방색을 지적하는데 말이야, 세월이 가면서 모든 게 바뀌니까 걱정하지 마. 마침 우리 고장 동북쪽에는 행정수도인 세종시가 생겼잖아? 사람도 주변의 변화에 따라가게 마련이야.
떠나는 사람도 있고 들어오는 사람도 있어. 그러는 동안 풍토나 문화도 섞이면서 조금씩 변하겠지.
아무튼, 꿈속에서 백제의 수도인 우리 고장을 더 아끼고 사랑하라는 고대 임금님의 뜻은 분명히 읽었어. 백제의 왕도에 사는 사람답게 긍지와 품격을 갖추어야겠다는 생각이 드네.

친구: 옳은 말이야. 높은 사람도 거기에 걸맞은 인품과 지혜를 가져야 하듯이 왕도(王都)의 격에 맞게 산다는 게 우리 지역을 욕되게 하지 않는 방법이기도 해.
그런 그렇고, 다음번에는 내 꿈에 나타나셨으면 좋겠다. 꼭. 왕비마마도…….
이번엔 치맥 말고…… 공주의 특산주를 사드려야지.

역사 속에서 부활한 꽃미남, 그는 누구인가?

고대 백제는 한성시대, 웅진시대, 사비시대로 나뉘는데 그중 웅진시대는 가장 짧았지만, 주인이 분명한 무덤, 무령왕릉의 발굴은 해상강국이며 찬란한 문화가 꽃피웠음을 입증해 주고 있다.

제도권 내의 역사교과서에는 자세히 언급되지 않아 아직도 신비로 가득 찬 백제 25대 군주인 무령왕, 그의 생애와 업적을 추적해 본다.

송산리 고분군 7호분의 주인 이름은 사마(斯摩, 斯麻) 또는 융(隆)이다. 동성왕(東城王)의 둘째 아들, 또는 개로왕(蓋鹵王)의 동생인 혼지(混支)·곤지(昆支)의 아들로 동성왕의 배다른 형이라고도 한다. 그의 계보에 대해서는 이설(異說)이 있으나 1971년 공주 송산리 왕릉에서 발견된 지석(誌石)에 따르면, 무령왕인 그는 462년에 출생하였다. 키는 8척이고 용모가 아름다웠으며, 성품은 인자하고 관대하였다고 한다.

무령왕 정권의 탄생은 동성왕의 시해라는 정변을 통해 이루어졌다. 501년 12월 위사좌평(衛士佐平) 백가(苩加)가 보낸 자객에게 동성왕이 죽자 그 뒤를 이어 즉위하였다.

이 정변에는 왕족과 한성(漢城)에서부터 내려온 귀족, 웅진(熊津)

에 기반을 둔 신진세력 등 다양한 세력이 연루되었다. 무령왕은 이듬해 1월 가림성(加林城)에 웅거해 저항을 꾀하던 백가를 토벌했다.

안으로 왕권을 다지면서 밖으로는 고구려와 말갈과의 전쟁을 준비하는 등 북방정책을 추진했다. 501년 달솔(達率) 우영(優永)을 보내 고구려 수곡성(水谷城)을 습격하고, 503년 마수책(馬首柵)을 태우며 고목성(高木城)에 쳐들어온 말갈을 격퇴하였다. 그 뒤 506년 말갈이 다시 고목성에 쳐들어오자, 이듬해 고목성의 남쪽에 두 개의 책(柵)을 세우고 장령성(長嶺城)을 축조해 이에 대비하였다.

그 뒤로도 고구려·말갈과의 싸움은 계속되었다. 507년 고구려 장군 고로(高老)가 말갈과 합세해 한성을 치고자 횡악(橫岳) 방면으로 쳐들어오자 이를 격퇴하였다. 512년에는 고구려가 가불성(加弗城)과 원산성(圓山城)을 함락시켜 약탈을 자행하자, 무령왕은 친히 군사 3,000명을 거느리고 위천(葦川)의 북쪽으로 진출해 고구려 군사를 크게 무찔렀다. 523년에는 좌평 인우(因友)와 달솔 사오(沙烏) 등에게 명하여 한북주(漢北州)의 15세 이상 장정을 동원, 쌍현성(雙峴城)을 쌓게 했는데, 이를 독려하기 위해 친히 한성에 행차하기도 하였다.

한편, 중국 남조의 양(梁)과도 외교 관계를 강화해 512년과 521년 두 차례에 걸쳐 사신을 보냈다. 521년 양나라로부터 '사지절도독백제제군사영동대장군(使持節都督百濟諸軍事寧東大將軍)'의 작호를

받았다. 그리고 512년에는 상차리(上哆唎)·하차리(下哆唎)·사타(娑陀)·모루(牟婁) 등 네 현을 합병했다고 하는데, 이는 섬진강 유역의 어느 곳이거나 가야 지역으로 짐작된다. 513년과 516년에는 오경박사 단양이(段楊爾)와 고안무(高安茂)를 각기 왜국에 보내 문화를 전파하였다.

무령왕은 정치 형태를 바꾸는 근본적인 개혁을 시도했다. 웅진천도 이후 일어난 두 차례 반란은 모두 병관좌평(兵官佐平), 위사좌평이라는 관직을 가진 귀족들에 의해 일어났다.

그 원인은 지배 귀족들이 자신들의 세력을 바탕으로 좌평이 되었고, 다시 그 채널을 통해 권력을 장악하는 정치구조에 문제점이 있었기 때문이다. 그래서 두 차례의 반란을 일으켰던 좌평제를 지배 귀족들의 신분서열을 나타내는 관등적 성격으로 바꾸고 행정 업무는 22부사(部司)가 전담하는 22부사제로 개혁하게 된 것으로 보인다.

그는 또한 백성들을 안정시키는 정책도 추진하였다. 506년 기근으로 백성들이 굶주리게 되자 창고를 풀어 이를 구제했고, 510년에는 제방을 수축하는 한편, 떠돌며 놀고먹는 사람들을 구제하여 고향에 돌아가 농사를 짓게 하였다. 백성들의 유망(流亡)은 세수(稅收)의 감소뿐만 아니라 인력 동원 등 여러 면에서 국력의 약화를 초래하기 때문이다. 이에 적극적인 진휼로 농민층의 안정을 추진하고 국가재원의 확충으로 이어지는 경제정책을 펼쳐나갔다.

이러한 대민정책은 백제가 한강 유역의 상실 이후 축소된 경제기반을 확대하기 위해 수리시설을 확충, 완비함으로써 금강 유역권을 개발하고, 농업생산의 증대로 왕정의 물적 토대를 마련하기 위한 것이었다. 즉 백성들의 안정을 통해 강력한 국가를 재건하고자 함이었다.

또 무령왕 9년(509)에는 임나(任那) 지역에 도망가서 호적이 끊긴 지 3~4세대가 지난 자를 찾아내서 호적에 올리도록 하였다. 임나 지역에 대한 호구조사(戶口調査)를 실시하였다면 백제 영토 내에서는 이전부터 호구조사가 실시되었음을 전제로 한다. 이렇게 무령왕은 전국적으로 호적체계를 정비하였다.

이상과 같은 제반정책의 추진으로 민심이 크게 따랐던 무령왕은 523년 5월 7일 62세를 일기로 승하했으며, 2년 뒤인 525년(성왕 3) 8월 12일 공주 송산리에 안장되었다. 시호가 무령(武寧)이다.

〈자료 출처- 한국민족문화 대백과사전〉

비록 밝혀진 기록이 많지는 않지만, 백제의 중흥군주 무령왕은 조선왕조의 세종이나 정조와 견줄만한 성군이었을 것으로 추측된다.

중국 한가운데에 또 하나의 백제가……

중국의 정사인 『송서』에는 '고구려가 요동을 공격해 차지하자, 백제는 요서를 차지했다. 백제가 다스리는 곳을 진평군 진평현이라 했다'라는 기록이 있다.

이 요서경략설은 조선시대 실학자들 사이에서 갑론을박하며 논란이 계속됐다. 근대에 와서는 신채호, 정인보, 안재홍 등이 찬성하는 입장을 고수했는데, 일본학자들은 반대하는 의견을 펴면서 찬반양론이 이어져 온 학설이다. 그러나 이런 주장은 광복 이후에 받아들여져 중고교 국정 국사 교과서에 '백제의 해외진출'로 기록되기 시작했다.

백제사 연구에 매우 중요한 무령왕릉 발굴에 이어 4세기 당시 백제 상황을 알 수 있는 자료가 나타난다면 아직은 수수께끼처럼 남아 있는 요서경략설에 힘을 실어줄지도 모른다.

백제의 요서경략설(遼西經略說)

433년 나제동맹이 성립된 후 백제, 신라와 고구려 사이에는 때때로 국경분쟁이 일기도 했으나 큰 사태는 벌어지지 않았다.

그러나 372년 이래 중국 남조와 계속 국교를 유지해오던 백제가 472년 북위에 사신을 보내어 고구려를 공격할 것을 요청한 외교문서를 보낸 것이 고구려의 신경을 크게 자극하게 되었다. 이에 따라 475년 장수왕의 백제 정벌이 있게 되고, 그 결과 개로왕은 전사하고 수도는 함락되었다.

이에 백제는 웅진(공주)으로 천도하여 국가 재건을 꾀하였는데, 바로 이즈음에 백제가 북위의 침략군을 크게 격파하였다는 기사가 중국 『사서』에 나타나고 있어 주목을 끌고 있다.

『자치통감』권 136 제기(祭紀) 세조(世祖) 영명(永明) 6년(488) 조에는 북위의 군대가 백제를 치다가 도리어 패하였다고 하며, 『남제서』권 58 백제조에는 이즈음(488년 혹은 490) 북위가 기병 수십만을 동원하여 백제 국경지방을 치다가 동성왕이 보낸 장군 사법명(沙法名), 찬수류(贊首流), 해례곤(解禮昆), 목간나(木干那) 등에 의해 크게 격파당하였다고 되어 있다.

나아가 495년에는 동성왕이 490년의 북위와의 전쟁에서 군공을 세운 사법명 등 4명의 장군에게 가수(假受)한 '왕' 혹은 '후(候)'의 작위와 장군호를 남제가 정식 승인해 주도록 요청하였다.

그런데 당시 북위는 수군이 약했을 때이므로 해상으로 백제에 쳐들어왔을 리는 없고 육로로 왔을 것이 분명한데, 그렇다면 이 전쟁은 "백제가 북중국의 어느 곳을 점령하고 있었다."라는 것을 전제로 하지 않고서는 제대로 이해될 수 없는 것이다. 이렇게 해서 소위 백제의 요서경략설(遼西經略說)이 등장하게 된 것이다.

요서경략설에 의하면, 진평군은 중국 한나라가 고조선에 세웠던 한사군(낙랑, 진번, 임둔, 현도) 비슷한 자치구역으로 이해되며, 백제의 요서, 산동 지방 지배 시기는 대략 5세기 초 근초고왕 말기일 것으로 추정된다.

막강한 군사력으로 중원까지 위용을 떨치던 백제가 해상강국이며 글로벌 왕국이었음을 역사연구와 고증을 통해 더 많이 밝혀지기를 고대해 본다.

〈자료 출처- 한국민족문화 대백과사전, 2009 한국학중앙연구원〉

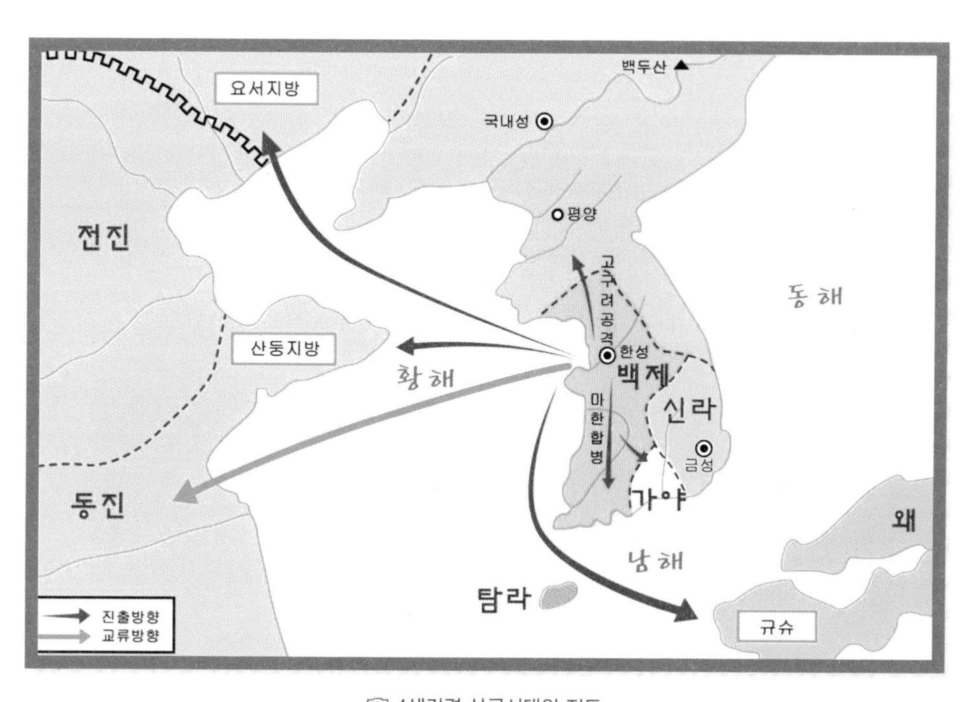

4세기경 삼국시대의 지도

하마터면 투탕카멘의 저주가?

20세기 최고의 미스터리, 투탕카멘의 저주! 이집트 제18왕조 제12대 왕으로 알려진 투탕카멘은 18세에 요절하여 기록된 것이 거의 없었으나, 이집트 나일 강 중류 서쪽 교외의 왕가의 계곡에 있는 왕묘가 발굴되면서 알려지기 시작했다고 한다.

투탕카멘의 저주는 왕들의 계곡에서 발굴된 무덤들 중 유일하게 도굴되지 않은 무덤을 하워드 카터가 발굴하면서 시작된다. 무덤의 발굴 당시 투탕카멘의 관 뚜껑에 투탕카멘의 저주를 알리는 "파라오의 잠을 깨우는 자 죽음의 저주가 있으리라."란 글귀가 쓰여 있었다고 한다.

송산리 고분군(맨 앞의 무덤이 7호분인 무령왕릉이다.)

무령왕릉을 지키던 석수

무심코 넘긴 이 글귀는 이후 발굴에 참여한 사람들이 차례로 의문사하면서 세간의 관심을 받게 되었다. 특히 발굴을 후원했던 카나본 경은 이집트의 한 호텔 방에서 모기에 얼굴을 물려 합병증으로 사망했는데, 그 왼쪽 뺨에 물린 모기 자국과 투탕카멘 왕 미라의 왼쪽 뺨에 벌레 물린 자국이 일치했다고 한다. 우연의 일치로 볼 수도 있지만, 아무튼 미스터리한 일이다.

이런 투탕카멘의 저주가 될 뻔했던 일이 우리나라에서도 있었는데, 백제 무령왕릉 발굴 때 왕릉 입구를 파헤치는 순간 천둥 번개를 동반한 소나기가 퍼부었다. 이 일로 인해 별의별 소문이 돌았고, 또한 실제 발굴과 관련된 사람들이 본인의 죽음은 아니지만 나쁜 일을 당했다고 한다.

이집트 파라오들이 자기 무덤을 영원히 보호하기 위해서 주술을 사용해 왔다고 하는데…… 무령왕도 그렇지 않았을까? 다른 무덤은 다

도굴되었는데, 유일하게 고이 보존된 고대의 무덤이다. 무령왕이 의자왕과 백제 후손들의 한탄을 듣고 '역사의 부활을 위해 스스로를 지킨 것'인지도 모를 일이다.

1971년 7월, 공주군 송산리 고분을 보수하다 우연히 발견한 무령왕릉은 '해방 이후 남한 고고학계의 최대 성과이자 베일에 가려진 백제 역사를 푸는 단서'라, 학계는 물론 대통령부터 일반 국민에 이르기까지 흥분의 도가니 속에서 발굴이 이루어졌는데 결국 반쯤은 저주받은 발굴이 되어 버린 것이다.

발굴 작업에 참가했던 한 고고학자의 회고담을 보면, 당시 분위기가 어땠는지 알 수 있다.

> "무령왕릉 발굴은 고고학 발굴사에서 커다란 오점을 남겼다. 취재진들의 현장공개 독촉과 공주읍민 등 현장에 몰려든 일반인들의 이상 열기, 경비에 미흡했던 공주경찰서 등 여러 요인들이 복합적으로 작용해서 현장의 분위기는 어떤 거대한 힘에 떠밀리듯 통제 범위를 벗어나 걷잡을 수 없이 흘러갔다. 무엇보다 체계적인 준비 없이 왕릉 발굴을 하룻밤 만에 해치운 일은 씻을 수 없는 실수였다."

고고학계에서는 '거대한 왕릉을 처음 발굴하면 액운이 따른다'고 했는데, 당시 무령왕릉 발굴 책임을 맡았던 사람들에게 한동안 이런 저런 사고가 끊이지 않아서 한국판 '투탕카멘의 저주'가 됐다고 한다.

또한, 무령왕릉의 졸속 발굴은 학계에 엄청난 충격과 반성을 초래했고 이 일로 그 후 신라의 왕도인 경주 일대 발굴은 체계적이고 과학적인 발굴과정을 거칠 수 있게 되었다고 한다.

우여곡절 끝에 세상에 드러난 무령왕릉에서는 무덤 속 주인공이 누구인지 명문이 있고 묘지를 샀다는 토지매입권, 엄청난 부장품 등으로 당시 생활상을 알 수 있는 등 귀중한 자료들이 많이 나왔다.

세계문화유산, 무령왕릉

(송산리 고분군 제7호분)

충청남도 공주시 금성동 송산리 고분군 내에 있는 백제 제25대 무령왕과 왕비의 무덤으로 나지막한 구릉 지대에 위치하며 1963년 1월 21일 사적 제13호로 지정된 송산리 고분군에 포함되어 있다.

송산리 고분군은 백제의 돌방무덤(횡혈식 석실분, 橫穴式石室墳)이 주종을 이루는데, 이 고분군에는 당시 중국 양(梁)나라 지배계층 무덤의 형식을 그대로 모방하여 축조한 벽돌무덤(塼築墳)으로서 무령왕릉과 함께 제6호 벽돌무덤이 있다.

무령왕릉은 발굴조사 결과, 무덤 안에 무덤의 주인공을 알려주는 묘지석(墓誌石)이 발견됨으로써 백제 제25대 무령왕(재위 501~523)의 무덤이라는 사실이 밝혀졌다.

일제 강점기인 1930년대에 송산리 고분군이 조사되면서 무령왕릉은 제6호 벽돌무덤의 현무릉(玄武陵)으로 인식되어 처음에는 주목받지 않았다. 왕릉으로 발견된 것도 매우 우연한 기회에 이루어졌다.

1971년 7월 5일, 제6호 벽돌무덤 내부에 스며드는 유입수를 막기 위하여 후면에 배수를 위한 굴착공사를 하면서 왕릉의 입구가 드러나 조사하게 된 것이다. 그래서 무령왕릉은 도굴과 같은 인위적 피해는 물론 붕괴 등의 피해가 없이 완전하게 보존된 상태로 조사된 것이다. 현재 송산리 고분군 내 무령왕릉은 제7호분으로 분류되어 있으며 피장자가 명확히 확인된 무덤이므로 무령왕릉이라고 부른다.

무덤의 구조를 보면 평면은 남북으로 긴 장방형이며, 터널형 천정을 하고 전면의 중앙에 무덤에 들어가는 연도(羨道)가 부설된 철(凸)자형의 전축(塼築) 단실묘(單室墓)이다. 입지한 지형은 남향한 경사 구릉의 말단부에 해당한다. 원형인 분구(墳丘)의 지름은 약 20m이며, 무덤의 상면에 호석(護石)으로 추정되는 잡석으로 쌓은 석축도 확인되었다.

봉토는 현실 주위의 풍화암반을 평평하게 깎아낸 후 석회를 섞은 흙으로 쌓아 원형으로 만들었다. 묘실 규모는 남북 길이 420㎝, 동서 너비 272㎝, 높이 293㎝이다. 무덤의 현실은 남쪽의 벽면에서 109㎝ 범위를 제외하고는 모두 바닥보다 21㎝ 정도 한 단 높게 하여 왕과 왕비의 합장 관대를 조성하였다.

출토유물은 모두 4,600여 점에 이르는데, 연도 입구에서 동발(銅鉢)과 청자육이호(青磁六耳壺), 지석(誌石) 2매와 오수전 한 꾸러미, 석수(石獸) 등이 발견되었다. 현실의 남쪽에도 동발과 청자육이호가 쓰러져 있었으며, 관대 위에는 동쪽에 있는 왕의 목관과 서쪽에 있는 왕비의 목관이 썩으면서 쓰러져 서로 유물이 겹쳐져 있었다. 목관의 판재들 밑에서는 왕과 왕비가 착장하였던 장신구와 부장유물이 출토되었다.

지석에는 "영동대장군 백제 사마왕이 62세 되던 계묘년 5월 7일에 붕어하시고 을사년 8월 12일에 대묘에 예를 갖춰 안장하고 이와 같이 기록한다(寧東大將軍百濟斯麻王年六十二歲 癸卯年五月丙戌朔七日壬辰崩到乙巳年八月癸酉朔十二日甲申安厝登冠大墓立志如左)."라고 되어 있다.

이를 통하여 무령왕은 523년 5월에 사망하여 525년 8월에 왕릉에 안치되었고, 왕비는 526년 11월에 사망하여 529년 2월에 안치되었음을 알 수 있게 되었다.

중요 장신구로는 왕이 소지한 것으로 보이는 금제관식(金製冠飾) 1쌍(국보 154호) 외 국보로 지정(1974년 7월 9일)된 것만도 12종목 17건에 이른다.

무령왕릉은 주인공이 정확하게 밝혀진 몇 안 되는 고대의 무덤이라는 점뿐만 아니라, 피장자인 무령왕이 백제사에서 중요한 역할을 담당한 훌륭한 군주라는 점에서 더욱 주목된다.

무덤 안에서는 금으로 만든 관장식, 용과 봉황이 장식된 큰 칼, 글씨가 새겨진 팔찌 등 모두 4,600여 점에 이르는 다량의 유물이 발굴되었으며, 12종목 17건이 국보로 지정될 만큼 소중할 뿐만 아니라 절대연대가 확인된 유물로 백제사는 물론이고 한국 미술사 연구에 있어서도 귀중한 자료로 평가되고 있다.

백제의 묘제 측면에서 살펴볼 경우, 한강 유역 궁륭식 천정의 굴식 돌방무덤이 웅진 천도와 더불어 송산리 제1~4호분과 같은 형태로 도입되었다가, 이후 무령왕릉과 제6호 벽돌무덤의 출현에 영향을 받아 터널형의 천정으로 변화하는 모습이 살펴진다.

이와 같이 외래의 벽돌무덤이 기존의 백제 묘제 속에 무리 없이 수용되고 전통적 묘제 자체에 큰 영향을 발휘할 수 있었던 것은, 무령왕릉의 영향이 단순한 묘제의 변화뿐만 아니라 백제의 사회·문화에 걸쳐 전반적인 변화상을 초래하고 있음을 알 수 있다.

더불어 전축분(벽돌무덤)이라는 중국 남조 계통의 무덤 형식인 무령왕릉과 중국제 도자기, 일본산 금송(金松)을 사용한 관재 등의 출토유물을 통하여 웅진기 백제문화는 중국 남조문화의 직접적 영향 관계에 있으며, 일본과의 문화적 교류도 적극적으로 이루어지고 있었음을 이해할 수 있을 뿐만 아니라, 이는 중국, 일본, 동남아 등과 활발히 교류한 백제사회의 국제성을 엿볼 수 있게 한다.

〈자료 출처- 한국민족문화 대백과사전〉

무령왕릉 현실

길 건너 저쪽에는

세계문화유산인 송산리 고분군 후문 쪽으로 나가는 길 건너에는 무령왕릉의 유물, 유적 등이 보관된 국립공주박물관과 방문객의 숙박과 식사가 가능한 한옥마을이 있다.

국립공주박물관

국립공주박물관은 웅진백제시대의 문화를 주제로 하는 박물관으로서 웅진백제의 문화를 재조명하고 국민들에게 문화공간을 제공하기 위해 설립되었다.

백제의 문화 유적 및 유물을 조사, 보호할 목적으로 1934년 공주고적보존회가 설립되었고 1940년 충청도 감영청(監營廳)이었던 선화당(宣化堂)을 중동으로 이전하고 공주사적현창회를 조직하였다. 그리고 그 해 10월에 선화당을 유물전시실로 활용하여 공주박물관을 개관하였다. 1945년 서울에서 국립박물관이 정식으로 개관되자 이듬해인 1946년에는 국립박물관 공주 분관으로 편제되었다.

1971년 세계적인 유물인 백제 무령왕릉이 발굴됨으로써 신관을 신축하였다. 1972년 국립중앙박물관 공주 분관으로 개칭되었고 1973년에는 건물을 다시 신축 개관하였다. 1975년 직제 개편으로 소관 지방 박물관으로 승격되어 국립공주박물관이 되어 현재에 이르고 있다. 2004년에는 국립공주박물관이 웅진동에 신축, 이전되어 개관되었다.

공주를 비롯한 충청 남·북부 지역에서 출토된 많은 발견·발굴 매장 문화재를 체계적인 방법으로 보관, 관리하고 학술 가치가 높은 중요 유물은 관람객과 전문 연구자들이 쉽게 살펴볼 수 있도록 전시되어 있다. 이밖에 유적 발굴조사와 사회 교육 활동도 꾸준히 실시되고 있다.

그간 공주박물관에서 발굴 조사한 주요 유적으로는 청동기시대의 대표적인 방어 취락인 부여 송국리유적, 원삼국·초기 백제 무덤인 공주 학봉리와 천안 화성리유적, 원삼국시대의 토성인 수촌리유적, 백제시기의 산성인 대전 월평동유적, 백제시기의 제사·취락지인 공주 정지산 유적이 있다.

매년 5월에는 공주 시내 어린이들을 대상으로 하여 '어린이 문화재 미술 실기 대회'를 열어 미래의 주인공이 될 어린이들이 우리 문화재를 사랑하고 우리 문화유산의 중요성을 이해할 수 있는 기회를 만들고 있다. 그리고 7월에는 교사와 시민을 대상으로 '역사문화 특강'을 개최하여 전 시민이 우리의 역사에 대한 애착심과 자긍심을 가지도록 홍보와 교육 활동을 실시하고 있다.

총면적 1만 4,000㎡(4,200평), 전시관 건물 1,600㎡이다. 현재 상설 전시되고 있는 유물은 무령왕릉 출토 금제관식(국보 제154, 155호)과 석수(국보 제162호) 등을 포함하여 국보 14건 19점, 보물 4건 4점 등 중요 유물 약 1,000점 등이 있다. 전시실은 무령왕릉실, 웅진문화실, 야외 정원의 3곳의 상설전시공간과 1곳의 특별전시실로 구성되어 있다.

1층 무령왕릉실은 무령왕릉에서 발굴된 문화재가 전시되어 있다. 발굴을 통해 출토된 108종 2,906점의 유물 중 선별하여 묘지석, 왕의 관식, 다리작명 은제팔찌 등이 전시되어 있으며 왕과 왕비의 목관도 복원되어 있다. 특히 3D 영상 시스템을 갖추어 관람객들이 출토유물의 모든 면을 직접 관찰할 수 있게 하였고 무령왕릉과 관련된 영상물도 상영하고 있다.

2층 웅진문화실은 천안 용원리유적, 공주 송산리 고분, 공산성 출토품 등 총 130여 점이 전시되어 있다. 특히 최근 높은 관심 속에 발굴되어 4~5세기 무렵 공주지역 지방세력의 존재를 밝혀준 공주 수촌리 백제 고분 출토품들도 공개되어 있다. 이와 함께 통일신라 이후 이 지역의 백제적 전통을 보여주는 계유명삼존천불비상 등 불교 미술품들을 전시하고 있으며, 웅진문화 관련 영상물도 상영하고 있다.

국립공주박물관

야외정원에서는 반죽동의 대통사지(大通寺地) 석조(石槽)와 웅진동서혈사지(西穴寺地)의 석조여래좌상(石造如來坐像) 등 공주 일원에서 출토된 70여 점의 석조미술품들을 전시하고 있다.

〈자료 출처- 한국민족문화 대백과사전〉

공주 한옥마을

전통과 현대가 공존하는 어울림의 미학이 있는 공주 한옥마을은 한국 전통난방으로 구들장 체험이 가능한 시설로 설계되었고, 친환경 건축양식인 소나무·삼나무 집성재 사용, 도시·현대인들이 머무는 데 편리하도록 설계된 신 한옥이다. 가족여행, 수학여행, 기관·단체의 워크숍 등 관광과 휴양으로 많은 사람들이 이용하고 있다.

또한, 공주 한옥마을에서는 백제문화를 체험으로 배울 수 있는 전통문화체험 프로그램에 참여할 수 있다. 한옥마을 곳곳에 휴식공간과 송산리 고분군과 곰나루 등 한옥마을 둘레길을 걸어도 좋고, 무인

자전거를 빌려 타고 백제고도(古都)의 문화 유적을 만날 수도 있다.

그뿐만 아니라, 주말 전통혼례 행사도 빼놓을 수 없는 볼거리이다. '가례집람', '사례편람' 등의 정통에서 혼례홀기에 준하며, 양반가의 혼례범절 정신을 담고, 현대인에게도 이해가 쉽도록 정리(문학박사 구영본)한 의례로 진행된다.

공주 한옥마을에서의 숙박은 공주시청 홈페이지에서 인터넷으로 예약할 수 있다. 숙박뿐만 아니라 입구 쪽에 있는 식당에서 국밥, 한식, 면류 등 공주 대표 음식을 맛볼 수 있다.

공주 한옥마을

03

곰나루

한 조각 열정은 남겨두고 가소서!

처서가 기습한 후
기운 차린 바람은
대지를 서늘하게 훑고 지나간다.

낮에 뜨겁게 타오르던 가슴을
밤에는 차갑게 다독이면서
들판의 알곡들이
눈부신 자태를 뽐내며 영글어가네.

긴 무더위 속에서
푸르름 하나로
진득하게 버티던
샐비어 잎사귀 사이로
붉게 흐드러진 꽃의 처연함이여!

아! 초가을은
쫓기어가는 열정이 못내 아쉬운
계절이런가?
그러나 여름이 물러가더라도

한 조각 열정은 남겨두고 가소서!

작은 불씨로라도

한 번 더 활활 타오르게 하소서!

- 유난히 뜨겁던 여름 끝자락에 곰나루 수변공원에서

자유를 향한 날갯짓을 그대가 알았더라면!

공주보에서 바라본 곰나루

곰이 살았다는 곰 굴

곰 가족의 단란한 한때

곰나루 솔밭길

나무꾼 총각과 처녀 곰이 사랑에 빠졌었다는 전설이 서린 곰나루!

철석같이 믿던 낭군을 떠나보낸 곰의 심정이 이러하지 않았을까?

어느 곰 공원에 가서 곰의 근접사진을 찍어봤다. 마치 사람처럼 서 있는 곰, 뭔가 말하고 있는 듯 제법 호소력 있는 포즈를 취하고 있는 곰을 보며 맹수라고 하지만, 곰이 인간의 모습과 많이 닮아있다는 생각을 했다. 엉뚱한 상상이지만 진화론을 멀리 거슬러 올라가면 혹시 인간과 곰이 이웃사촌은 아니었을까?

이들의 사랑 이야기를 증명이라도 하듯 곰나루 근처에 곰 사당이 있고, 강 건너 연미산에는 그들의 서식지인 곰 굴이 있다.

또한, 너른 벌판(우성면)에는 곰의 보양식인 대규모 마늘밭이 있고, 근처의 청정지역에는 나무꾼의 후예라도 되는지 진귀한 약초를 채취하고 재배하는 농업인들의 일터와 보금자리가 있다.

사랑의 종말은 반드시 비극일까? 아마도 연미산에 살던 곰은 나무꾼의 자유로움에 대한 욕구를 읽지 못했기 때문일 것이다.

일어서서 뭔가를 얘기하고 있는 곰

곰 굴이 있는 연미산 근처에 있는 대규모 마늘 재배단지

생업이기도 하겠지만 여기저기 돌아다니는 나무꾼은 또한 자유로운 영혼의 상징이기도 하다. 영원한 자유인을 묘사한 소설이자 영화로도 제작된 「그리스인 조르바」는 남자들의 로망이라고 한다. 『그리스인 조르바』를 3번 읽고서, 안정적인 직장을 때려치고 일본으로 건너가서 만화를 공부하고 있는 한국의 베스트셀러 작가도 있다.

굴에 가두어 놓고 먹을 것만 갖다 주면 되는 줄 알았던 우직한 암곰! 그녀가 '매슬로우의 욕구단계설'의 상위욕구까지는 아니더라도 나무꾼에게 굴 밖의 풍경을 벗 삼아 강변을 산책하고 더러는 낚시하며 때를 기다리는 강태공의 여유라도 갖게 해 주었더라면 좋았을 것을…….

그 무엇보다도 송충이가 솔잎을 먹어야 하듯 나무도 패고 약초도 캐도록 허락해 주었더라면, 적어도 나무꾼이 자신의 존재가치를 느끼도록 어떤 방법으로든 암곰이 배려해 주었더라면, 처자식까지 얻은 가장이 호시탐탐 토굴 탈출을 꿈꾸지 않고 현모양처와 귀여운 새끼들에게 정 들여서 함께 오래 살지 않았을까?

함께 영원할 수 없음을 슬퍼 말고
잠시라도 함께 있음을 기뻐하고
좋아해 주지 않음을 노여워하지 말고
이만큼 좋아해 주는 것에 만족하고

나만 애태운다고 원망치 말고
애처롭기까지 한 사랑을 말할 수 있음을 감사하고
주기만 하는 사랑이라고 지치지 말고
더 많이 줄 수 없음을 아파하고

남과 함께 즐거워한다고 질투하지 말고
나의 기쁨이라 여겨 함께 기뻐할 줄 알고
이룰 수 없는 사랑이라 일찍 포기하지 말고
깨끗한 사랑으로 오래 간직할 수 있는
나는 당신을 그렇게 사랑하렵니다.

암곰이 어떤 이의 이런 사랑법을 알았더라면, 그리고 인간의 상위욕구와 자유를 향한 날갯짓을 헤아렸더라면, 간간이 가려운 데 긁어주면서 마음을 온전히 사로잡았더라면……. 밀당은커녕 아무런 전략도 없이 가축 사육하듯 나무꾼을 포획해 곰 굴에 살게 한 미련한 암곰의 사랑, 그래서 그 종말이 처연하다.

곰나루는 원래 공주시의 웅진동에서 맞은 편 우성면 도천리(道川里)를 연결하던 나루였다. 또한, 공주의 옛 지명으로 원래는 '고마나루'라고 불렀으며, 한자로는 '웅진(熊津)'이라 한다. 강 건너 연미산에는 곰 가족이 살았다는 곰 굴이 있다. 곰나루의 슬픈 전설을 연미산과 무심한 강물은 알고 있겠지.

그리스인 조르바

그리스의 대문호 니코스 카잔차키스의 소설. 이 소설은 영화로도 제작되고 주인공 조르바의 기발한 명언들은 사람들 사이에서 여전히 반추되고 있다.

현대 그리스 문학을 대표하는 작가 니코스 카잔차키스의 장편소설 『그리스인 조르바』. 카잔차키스에게 세계적인 명성을 안겨준 작품으로, 호쾌한 자유인 '조르바'가 펼치는 영혼의 투쟁을 풍부한 상상력으로 그리고 있다. 주인공인 조르바는 카잔차키스가 자기 삶에 큰 영향을 끼친 사람으로 꼽는 실존 인물이다.

이야기는 젊은 지식인 '나'가 크레타 섬으로 가는 배를 기다리다가, 60대 노인이지만 거침이 없는 자유인 조르바를 만나는 것에서 시작된다. 친구에게 '책벌레'라는 조롱을 받은 후 새로운 생활을 해보기로 하여 크레타 섬의 폐광을 빌린 '나'에게 조르바는 좋은 동반자가 된다. '나'와 조르바가 크레타 섬에서 함께한 생활이 펼쳐진다.

매슬로우의 욕구 5단계설

임상심리학자 매슬로우(A. H. Maslow)가 자신의 임상경험을 바탕으로 1943년에 발표한 이론으로 인간의 내부에 잠재하고 있는 욕구는 상대적 중요성에 따라 가장 기본적인 차원인 생리적 욕구에서부터 최고 차원인 자기실현의 욕구까지 5단계의 계층을 이루고 있다고 주장하였다. 그 단계는 1단계 생리적 욕구, 2단계 안전·안정의 욕구, 3단계 사회적 욕구, 4단계 존경의 욕구, 5단계 자기실현의 욕구 등으로 구분한다. 단계별로 세분해서 살펴보면,

- 1단계(생리적 욕구): 생명을 유지하기 위한 최소한의 필요한 음식물, 수면, 산소, 배설의 욕구
- 2단계(안전의 욕구): 신체의 안전과 동시에 심리적, 사회적으로 협박당하는 것을 피하려는 욕구
- 3단계(소속감과 애정의 욕구): 어떤 단체에 소속되어 소속감을 느끼고, 주위 사람들에게 사랑을 받고 있음을 느끼고자 하는 욕구
- 4단계(존경의 욕구): 다른 사람들로부터 인정받고 존경받고자 하는 욕구
- 5단계(자아실현의 욕구): 자신의 가치관을 충실히 실현시키려는 욕구, 인생의 의미, 삶에 보람을 느끼며 아름답고 풍요롭게 살고 싶은 욕구.

늙은 죄수의 사랑

늙은 죄수가 있었습니다. 그는 평생 감옥을 전전하면서 늙었습니다. 그에게는 가족이나 친척이 없었습니다. 결혼할 기회도 없었기에 아내는 물론 자식도 갖지 못했습니다. 그런 그에게 늙는다는 것은 더욱 적막할 뿐이었습니다. 머리는 허옇게 바랬고 기름기가 말라가는 뼛속까지 고독이 스며들었습니다. 불행한 인생의 황혼이 그렇게 스러져가고 있었습니다.

그러던 어느 날, 늙은 죄수는 감옥 들창 밖에 날아온 참새 한 마리와 사귀게 됩니다. 그는 마른 빵 조각을 떼어 두었다가 참새에게 나누어 주곤 했습니다. 이렇게 하여 참새도 늙은 죄수와 친하게 되자 창문을 열면 감방 안으로 들어왔습니다. 참새는 늙은 죄수가 손바닥으로 내미는 빵 부스러기를 쪼아 먹으며 노래를 불렀습니다.

늙은 죄수에게는 칠십 평생에 처음으로 생기 가득 찬 나날이 찾아왔습니다. 노인은 거친 손이지만 사랑스럽게 참새를 어루만지며 정을 쏟았습니다. 늙은 죄수는 비로소 사랑에 눈을 뜨게 됩니다. 그렇게도 운명처럼 굳게 닫혀 녹슬었던 마음의 창문이 스르르 열렸습니다. 자애로운 감정이 가슴 속에서 샘솟아 올랐습니다.

하지만 모든 지상의 행복이 다 그렇듯이 그에게도 행복한 날들이 오래 지속될 수 없었습니다. 불행의 여신이 질투의 비수를 휘두른 것입니다. 늙은 죄수가 바다 깊숙한 섬으로 이감되게 된 것입니다.

"그렇다. 내가 섬으로 가는 것은 아무것도 아니지만, 참새를 이렇게 두고 떠난단 말인가?" 며칠을 두고 생각한 노인은 결국 참새를 데려가기로 결심합니다. 그는 작업하러 밖으로 나갈 때마다 나뭇개비와 철사 부스러기를 주워 와서 조그만 조롱을 만들었습니다.

외딴 섬으로 출발하던 날, 그는 "참새와 함께라면 지구의 끝 어디든 결코 외로울 것 없다."라고 말합니다. 배를 타려는 노인은 허술한 조롱을 가슴에 품고 소중하게 보호했습니다. 그러나 우악스러운 죄수들이 밀고 당기는 혼잡 속에서 '아차' 하는 순간에 노인의 허술한 조롱이 부서져 버렸습니다.

그 순간 놀란 참새가 푸르르 날아올라 갔습니다. 그러나 이내 수면으로 푹 떨어져 버렸습니다. 왜 날지 못하고 이내 떨어졌을까요? 그것은 참새가 조롱에서 빠져 날아가 버리지 않을까 염려한 노인이 새의 꼬리를 잘라두었기 때문이었습니다.

"아아, 저 참새를 건져줘요!" 그러나 우렁차게 울리는 뱃고동 소리가 늙은 죄수의 비통한 부르짖음을 삼켜버리는 가운데 배는 항구를 빠져 미끄러졌습니다. 아무리 애타게 울부짖어도 누구 하나 노인의 처절한 사연을 귀담아듣지 않았습니다. 더구나 기껏 한 마리 참새를 건지기 위해 커다란 배가 멎을 리 없었습니다.

찬란한 낙조가 어려서 붉게 출렁이는 수면에서 가엽게 파닥거리는 작은 새를 난간에 기댄 늙은 죄수는 그저 안타깝게 바라보고 있었습니다.

– 프랑스 '피에르 로티'의 소설 『늙은 죄수의 사랑』 중에서

곰나루 전설

아득한 옛날, 지금의 곰나루 근처 연미산(燕尾山)에 큰 굴이 있었다. 이 굴에는 커다란 처녀 암곰이 한 마리 살았다. 어느 날, 잘생긴 사내가 지나가는 것을 보고 그를 물어다 굴속에 가두었다. 곰은 사내를 굴에 가둬 놓고 숲으로 사냥을 나갔다. 그리고 짐승을 잡으면 굴속으로 가져와 사내와 함께 먹었다. 곰과 함께 굴속에서 살아야만 하는 사내는 자유인이 되고자 기회를 보아 도망치려 하였다. 하지만 곰이 밖으로 나갈 때는 바위로 굴 입구를 막아놓아 하릴없이 굴속에 갇혀 있어야만 했다.

이렇게 하루 이틀을 지나서 어느덧 이 년 동안 곰과 함께 살게 되자, 사내는 곰과 정을 나누게 되고 새끼를 낳았다. 그로부터 또 일 년이 되어 둘째를 낳자 곰은 사내를 믿기 시작하였다. 환상적인 '4인 가족'을 형성하면서 사내가 새끼들과 어울려 즐겁게 노는 것을 바라보며 행복을 느낀 곰은 더욱 사내에 대한 믿음이 쌓여갔다.

그 날도 곰이 사냥을 나가게 되었다. 곰은 전과 달리 굴 입구를 막지 않았다. 자식이 둘이나 되는데 설마 도망가랴 생각하였다. 그리고는 사냥터에서 한참 사냥을 하고 있는데, 멀리 사내가 강변 쪽으로 슬그머니 도망가는 것이 보였다. 곰은 서둘러 굴로 돌아와 두 새끼를 데리고 강변으로 달려갔다. 그러나 사내는 이미 배를 타고 강을 건너고 있었다. 곰은 강가에 다다라 사내를 향하여 돌아오라고 애달프게 울부짖었다.

하지만 사내는 곰의 애원을 외면하고 강을 건넜고, 그것을 보고 있던 곰은 새끼들과 함께 강물에 빠져 죽었다. 이후로 사람들은 사내가 건너온 나루를 고마나루 또는 곰나루(熊津)라고 불렀다 한다.

그 후에 나룻배가 뒤집혀 사람들이 많이 죽었다. 그 이야기가 점점 퍼져 백제의 왕 귀에까지 들리게 되었다. 왕이 감찰사를 시켜 용당리라는 연미산 맞은편 마을에 살도록 하였다. 그리고 소나무가 많은 작은 산에 사당을 짓도록 하여 한 해에 여러 번 제사를 지내게 하였다. 그 뒤로 배가 뒤집혀 사람이 죽는 사고가 없어졌다. 이런 연유로 이곳을 '웅진'이라고 부르게 되었다.

실제로 곰나루의 북쪽에 솟아 있는 연미산 중턱에는 전설 속의 곰이 살았다는 동굴(곰 굴)이 곰나루를 내려다보고 있다.

곰나루 전설 이후 마을에서는 곰의 한을 풀고 마을의 안녕을 기원하기 위하여 나루터 인근에 곰 사당을 짓고 제사를 지내왔는데 곰나루 일대에는 원래 금강의 수신에게 제사를 올리던 웅신단(熊神壇) 터가 남아 있다.

또한, 이곳 곰나루는 백제시대부터 조선시대에 이르기까지 공식적인 국가의 제사 공간이었으며, 일반 서민들의 주요 생활공간이자 수상교통로로써 민중의 정서와 애환이 짙게 서려 있는 역사적 가치가 큰 곳이다.

〈한국학중앙연구원- 향토문화전자대전〉

곰나루의 슬픈 전설을 담고 있는 연미산

04

산성시장

밥 말아 먹는 남자

늘 도시락을 싸 와서 혼자 밥 먹는 남자 J씨가 있었다.
그런데 그는 항상 따뜻한 물에 밥을 말아 먹었다.
곁에서 지켜보던 동료 K씨가,
"왜 밥 말아 먹느냐, 말아 먹으면 소화가 잘 안 된다고 하던데."
라고 안타까운 어조로 말했더니,
수저에 짠지를 얹어가며 밥 말아 먹던 남자가
소리 없이 웃음 지으며 "소화가 잘되는데요."라고 대답했다.

동료 K씨는 이런저런 무리에 휩쓸리지 않는
스스로 '합리적인 중도파'라고 생각하는 사람이었다.
그는 곰곰이 생각해 보았다
밥 말아 먹는 저 친구도
한때는 나름 능력을 인정받고
조직에서 잘나가던 사람이었는데
그때는 저렇게 혼자 밥 말아 먹지는 않았는데…….
평소에 다소 어수룩하긴 해도 특별히 싸가지가 없는 사람도
아닌데
어찌어찌하다가 처지가 나빠져서
왕따가 된 그에게 문득 안쓰러운 생각이 들었다.
다음날 K씨는 도시락을 싸 와서 그에게 같이 먹자고 했다.

그랬더니 J씨는,

"반찬도 변변치 않은데, 다른 동료들과 나가서 맛있는 거 드셔야죠?"

라고 슬쩍 사양했다.

그러나 K씨는 대답 대신 다짜고짜 옆에 앉아서

따뜻한 물에 밥을 말았다.

그 순간,

J씨의 두꺼운 뿔테 안경 너머로 닭똥 같은 눈물이 맺히는 게 보였다.

이를 어쩌나! 주책없는 그 눈물은 '물 말은 밥' 속으로 뚝뚝 떨어져

들어갔다.

아! 그제서야 K씨는 깨달았다. 왜 J씨가 밥 말아 먹는지를!

혼자 밥 말아 먹으며

때로는 저렇게 남몰래 눈물을 훔쳤을지도 모른다.

그럴 때 물 말은 밥 덕분에

다행히도 그가 울었는지 남들에게 표시가 나지 않는다.

약간의 간(소금기)마저 있는 눈물에 밥 말아 먹는 남자!

그래서 그는 소화가 잘된다고 했는지도 모른다.

눈물은 감정의 정화작용(카타르시스)이 탁월하다.

식사하면서 때때로 실컷 쏟은 눈물로

그의 정신과 영혼은 체증을 일으키지 않고

소화가 아주 잘되었을 것이다.

– 어느 친구의 직장동료 이야기

2016 12

공주의 간판 음식

너무 행복해 보여서 절대로 밥 말아 먹을 일 없을 것 같은 사람들도 더러 있긴 하다. 그러나 대부분 삶이란 기쁨과 슬픔, 그리고 행복과 불행이 씨줄과 날줄로 짜인 것이리라.

햇빛이 쨍쨍하고 맑은 날보다 흐리고 비 오는 날이 더 많은 게 인생이라고 하지 않는가? 다만 남의 슬픔과 불행을 보듬고 가면서 흐린 날을 조금씩 쾌청한 날로 만들어 가는 게 또한 삶의 보람과 기쁨이라고도 하지 않나?

크고 작은 스트레스를 품고 사는 현대인의 삶은 상처와 분노, 그리고 좌절로 얼룩지곤 한다. 그러나 제때 풀지 못하면 크게 응어리가 진다. 밥 말아 먹는 남자처럼 응어리가 지지 않도록 풀어내고 자신을 지키는 사람도 있고, 곁에서 같이 밥 말아 먹는 동료처럼 훈훈한 인심을 보여주는 사람도 있다.

또한, 사노라면 불현듯 가슴에 칼바람이라도 스며든 듯 허허롭고 아리거나 사막에 혼자 남겨진 것처럼 외롭고 쓸쓸할 때가 있다. 이럴 때 많은 사람들에게 가장 떠오르는 음식은 단연 '따끈따끈한 라면'이 아닐까? 그래서인지 외국여행에서도 많은 짐 속에 컵라면을 꼭 챙기는 게 한국인이다.

'국물이 없고 차가운 라면'은 상상이 되지 않는다. 그렇다면 라면이 지금까지 장수식품이 되지도 않았을 것이다. 건강에 안 좋으니 인스턴트 식품이니 어쩌니 하면서도 식을 줄 모르는 라면의 인기에는 꼬들꼬들한 면발도 한몫하겠지만, 무엇보다도 '뜨거운 국물의 힘' 때문이다. 그래서 '국물음식에 힐링효과가 크다'는 것에 별다른 연구결과가 없더라도 이의를 제기할 사람은 많지 않을 것이다.

공주시는 국밥, 칼국수 등 국물음식이 유명하고 2,000여 년의 역사성 못지않게 음식의 내공도 쌓여 외지 사람들 말에 의하면, 공주엔 맛없고 야박한 식당이 거의 없다고 한다. 공주시가 훈훈한 인정이 넘치는 곳임을 토착 음식이 말해주고 있다.

넉넉한 인심을 대변하듯 공주에는 국물 문화가 발전했고, 대표 음식에 국밥, 칼국수, 짬뽕 등이 있다. 국물음식을 주로 파는 전통시장(산성시장)은 밥 말아 먹는 남자와 그의 동료처럼 민초들이 삶의 고민을 용해하고 애환을 나누며 서로 보듬어 주는 곳이기도 하다. 공주의 국물음식들은 빼놓을 수 없는 음식 관광의 대표적인 아이템이기도 하다.

국 밥

공주의 독특한 음식으로 국밥은 맛이 얼큰하고 담백하다. 장터국밥을 전문으로 반세기 가까운 내력을 쌓아온 한 한식집은 충남의 향토특색의 음식으로 지정되어 있으며, 역대 대통령이 다녀가면서 공주 국밥 맛의 진수를 인정하였다.

칼국수

국밥 발달의 영향으로 장 국물, 멸칫국물, 어패류 국물 등을 이용한다. 국수의 재료로는 밀가루와 메밀가루를 이용한 칼국수로 해물 칼국수, 메밀 칼국수, 잔치국수, 어죽 국수 등이 대중 음식으로 많이 이용되고 있다.

타 지역에 가도 '공주 칼국수'라는 식당 간판을 흔하게 볼 수가 있는데 그만큼 공주 칼국수의 맛이 인정받았다는 방증이 아닐까.

짬 뽕

입소문을 통하여 전국의 인지도를 확보한 공주의 짬뽕은 많은 미식가들로부터 극찬을 받았다. 사람들은 짬뽕을 먹기 위해 먼 거리를 찾아오거나 기꺼이 오랜 시간을 기다릴 정도이다.

공주 국밥

국밥에 얽힌 이야기

국고개 전설

공주시 옥룡동에는 국고개라는 거리가 있다. 고려시대에 공주의 옥룡동에는 비선거리라는 마을이 있었고 이 마을에 어린 나이에 아비를 여의고 살아가는 소년 이복이 있었다.

이복은 어려서부터 남의 집에 가서 일하고 그 품삯으로 음식을 얻어 눈먼 어미를 봉양하였다. 그러던 어느 날, 바람이 몹시 불고 날씨가 매우 춥던 날씨였는데, 소년 이복은 여느 때처럼 밥과 국을 얻어서 어머니께 드리러 집으로 가는 길에 그만 미끄러지고 말았다.

어머니께 가져다 드릴 밥과 국을 땅에 쏟자 효자 이복은 그 자리에 주저앉아 집에 계신 굶주린 어머님 생각에 서럽게 통곡을 하였다. 이후 이복이 넘어진 그 자리를 갱경골이라 부르게 되었고 후에는 '국고개'라 불리게 되었다.

효심공원

공주시 중동 충남역사문화박물관 정문 좌측에 조성된 효심공원은 '효의 상징'으로 널리 알려진 이복의 국고개 전설과 우리나라 효의 효시인 향덕의 효행을 반영한 이야기가 있는 특별한 효 테마공원으로 이복 비각 이전, 향덕 비각 모형 설치, 효 상징조형물 등이 설치되어 있다. 우리 지역을 찾는 학생 및 관광객에 대한 효 교육현장으로도 활용되고 있다.

향 덕

『삼국사기(三國史記)』와 『삼국유사(三國遺事)』에 효행이 기록되어 있고, 『동국삼강행실(東國三綱行實)』에 그림과 함께 효행이 소개되어 있다. 755년(경덕왕 14) 봄 심각한 기근이 전국을 휩쓸고 전염병까지 돌았다. 부모 공양이 막연해진 향덕은 자신의 허벅지 살을 베어 부모를 봉양하였다. 또 어머니의 병을 낫게 하려고 종기를 입으로 빨아 치료하였다.

『삼국사기』 향덕 열전에는 다음과 같은 내용이 기록되어 있다.

"천보 14년(755)에 흉년이 들어서 백성들이 굶주리고 거기에 전염병까지 겹쳤다. 향덕의 부모가 주리고 병들었을 뿐 아니라, 어머니는 종기가 나 모두 죽을 지경이 되었다. 향덕은 밤낮으로 옷도 풀지 않고 정성을 다하여 위안하였으나 봉양할 수가 없었다. 이에 자기 허벅지 살을 베어 먹이고 또 어머니의 종기를 입으로 빨아내어 모두 평안하게 되었다.

향(鄕)에서는 이 사실을 주(州)에 보고하고, 주에서는 왕에게 아뢰니, 왕이 명을 내려 벼 300곡(斛, 1곡은 10두)과 집 한 채, 그리고 토지 약간을 내렸다. 또 관리에게 명하여 비석을 세우고 사실을 기록하여 표시하도록 하였는데, 지금도 사람들이 그곳을 이름하여 '효가리(孝家里)'라고 한다."

향덕의 효행을 들은 경덕왕(景德王)의 명으로 포상과 함께 그가 사는 웅천주 판적향(현재 공주시 소학동)에 비석과 정려(旌閭)가 세워졌다. 이는 향덕의 효행을 통하여 옛 백제사람들의 마음을 달래려는 의도도 있었던 것으로 보인다.

관련 유적에 있는 현재의 비는 1741년(영조 17)에 충청도 관찰사 조영국(趙榮國)이 세운 것이다. 이 비는 충청남도 유형문화재 제99호로 지정되어 있다.

〈한국학중앙연구원-향토문화전자대전〉

취향이 까다로시군요

일이 너무 바쁘거나 의뢰인과의 상담이 늦어지거나 밤늦게까지 변론서를 작성하다 보면 일과를 늦게 끝내는 경우가 허다하다. 또한, 시한을 맞춰야 하거나 고도의 집중력을 요할 때는 자료를 검토하다가 새벽에 마치기도 한다.

이로 인해 식사를 제대로 못 챙길 때가 있다. 너무 늦어 버리면 집에 가서 먹기도 난감하고, 밖에서도 선택할 수 있는 메뉴가 별로 없으므로 주로 해장국을 먹는다.

일상의 분주함은 어쩌다가 날 해장국을 즐겨 먹는 사람으로 만든 것인지……. 그러나 하루 중 한 끼는 제대로 갖춘 식사를 하고 싶은 욕심에 풍성하고 맛깔스러운 한식을 찾는다. 어머니의 정성스러운 손맛이 담긴 집밥 같은 거라면 최고이다.

요즘은 먹을 게 다국적이고 다양하다. 중소도시 정도만 되면 어딜 가나 스테이크, 스파게티, 파스타, 회전 초밥, 샐러드 바 등의 외국음식점이 즐비하고, 이것저것을 믹스한 퓨전음식점도 소비자 호응도가 높다.

이런 음식들은 연령대를 불문하고 인기가 높아, 자리가 없으면 대기했다가 먹는 인내심 있는 손님도 적잖다.

그런데 난 이런 음식들을 불가피한 경우가 아니면 즐기지 않는다. 우선 그런 음식들의 맛의 묘미를 잘 모르기도 하고 숟가락, 젓가락이 아니고 포크, 나이프를 쓰는 게 둔하고 어설프다. 또한, 육류, 밀가루로 만든 음식은 소화가 덜 되고 주로 미식가용인지 양도 적어서 미진한 느낌이 남는다.

반면 구수한 냄새에 반찬이 풍성하여 포만감을 주는 한식을 고집한다. 이런 나를 지인들은 음식 취향이 까다롭다고 평한다. 한국인이 한식만을 좋아하는 게 이제는 흉이 되어 버린 걸까? 의도한 바는 아니지만 나름 애국하고 있는 건데……. 너털웃음이 나온다.

나라에서는 몇 년 전부터 한식 세계화를 외치며 우리의 전통식품을 알리는 데 열을 올리고 있는 반면에 한국인은 높은 로열티를 주고 막 흘러들어오는 외국 음식에 열광한다.

물론 한국에 들어온 외국인은 한국 음식의 깊은 맛에 감탄하고, 외국여행이 친척 집 가는 것보다 빈번해진 한국인들은 고급스러운 인테리어를 갖춘 현지의 외국음식점을 애호하면서 오고 가는 사람들의 '음식 탐방을 통한 음식 세계화'는 자연스럽게 이루어지고 있는지도 모른다.

그러나 이런 추세에도 불구하고, 누가 또 내게 음식 취향이 까다롭다고 눈치를 주더라도, 깊은 역사가 있고 대를 이은 노하우가 담긴 한식 먹기를 포기할 수 없다. 그 속에는 어릴 적 어머니의 정성과 기다림, 그리고 인내가 배어 있기에……. 힘들고 지칠 때 파고들고 싶은 고향의 향수가 느껴지기에…….

음식문화에도 고향을 그리는 마음, 즉 귀소본능(歸巢本能)이 있는 법이다.

– 음식으로 애국하고 있다는 지인의 이야기

문화광장을 품은 산성시장

삶에 지칠 때 원기를 얻고자 파고들고 싶은 곳으로 재래시장이 있다. 향수와 생동감이라는 두 마리 토끼를 잡을 수 있는 곳이기도 하다. 가공되지 않은 날 것의 질박함은 태초의 어머니 품 같은 그리움과 평온함을 자아낸다.

공주시 산성동에는 전국 중소도시에서 유일한 전통시장이 있다. 전통시장이란 단순히 먹거리의 거래뿐만이 아니라 시장상인들과 소시민들의 소통 장소, 정보공유의 공간이기도 하다.

또한, 주머니 사정이 넉넉지 않을 때 찾아가도 훈훈한 덤의 인심을 느낄 수 있는 곳이다. 지금도 시장 뒷골목의 허름한 국숫집이나 순댓집은 주인의 오래된 손맛이 그리운 손님들로 즐비하다.

시장바닥에서 아까운 청춘을 다 보낸 아주머니, 할머니의 주름진 얼굴과 거친 손을 보며 내 어머니, 할머니인 양 안쓰러운 한편, 고향에 온 듯 안도감이 느껴진다.

더러는 상인과 단골손님 사이에 '과거와 현재가 통합된 다양한 이야기'가 오고 간다. 소식 뜸하던 단골의 방문이 반가운 상인은 중장년인 손님에게, "애는 잘 크느냐?"며 오래된 과거의 안부를 마치 현재의 일처럼 묻곤 한다. 그 애가 지금은 그때의 내 나이만큼 되었건만…….

아무튼, 삭막한 현실 속에서 누군가가 자신의 근황을 관심 있게 묻는다면 일면 고맙기도 할 것이다. 온돌방의 아랫목 같은 훈훈함 때문이다.

배고프던 시절 시장 국수로 허기를 채우던 과거의 청춘들은 오랜 세월이 지나 포만감을 주는 고급 음식도 찾을 만큼 돈도 벌었을 테지만, 여전히 허기진 시절에 먹던 순대나 멸치국수를 찾는다. 그러기에 인간은 추억을 먹고 산다고 했던가?

이렇듯 정겨운 풍경으로 가득 찬 전통시장은 물건보다 '사람이나 지역의 이야기'를 팔고 사는 곳이다. 가령 누군가의 감동적인 투병 이야기는 그가 재배한 약초 구입에 선뜻 지갑을 열기도 한다. 거친 손등에 등이 굽은 할머니의 조촐한 채소전을 보면 어릴 적 손녀를 귀여워해 주시던 내 할머니가 생각나 별로 필요하지도 않은 나물을 슬쩍 산다.

농산물의 싱그러움과 훈훈한 인심, 그리고 이야기가 풍성한 산성시장의 정취는 고향의 향수를 자극하는 집밥 같은 국물음식과 이런 것들을 훈훈하게 녹여낸 문화공연에서도 물씬 느낄 수 있다. 시장 입구에 위치한 다목적(문화)광장에서는 바자회, 인권 누리기 캠페인, 고마나루 축제, 청소년 축제, 예술공연, 전통연회극 등 월 1회 이상 각종 문화행사를 개최하고 있다.

공주산성시장 풍경

산성시장 문화광장(물놀이)

산성시장 문화광장(가래떡 행렬)

05

제민천 예술문화거리

매니저 같은 벗

학창시절, 냉정과 열정 사이의 아슬아슬한 줄타기

소울메이트를 만나는 곳

술은 내가 마시는데 제민천이 흥겨워하는구나

제민천 예술문화거리

매니저 같은 벗

정겨운 벗들과 술을 거나하게 걸치고
정신 차리고 얼른 귀가해야 할 때
단백질과 지방이 그득한 식사를 하고
그것이 뱃속에서 무사히 소화되길 원할 때

사정없이 비가 올 때
비가 올 듯 안 올 듯 변죽만 울릴 때
막걸리와 빈대떡이 간절하나
꿩 대신 닭 같은 게 뭐 있을까 싶을 때

번잡하지도 쓸쓸하지도 않은
그래서 특별히 자랑할 것도 없는
내 집 창문으로 수수한 야경을 바라볼 때
감미로운 클래식 음악에 젖어
한 번쯤 영혼이라는 것이 뭔가를 생각해 볼 때

속상한 일이 있는데 들어주는 사람이 없을 때
그냥 무작정 착잡하고 우울할 때
번민이 가득하나 말 못 할 사정일 때
기쁨이든 슬픔이든 밖으로 드러낼 수 없을 때

그리고 도저히 그래서는 안 될 때

이 모든 때

진정제이자 매니저 같은 커피는

춥고 시린 이들에게

언제나 든든하고 소중한 벗이리라.

– 제민천변 어느 카페에서

학창시절, 냉정과 열정 사이의 아슬아슬한 줄타기

제민천변 골목길

공주시 구도심을 동서로 나누는 제민천변에서는 오랜 세월 동안 공주사람들의 생업, 놀이, 문화 활동이 이루어졌다. 공주에서 나고 자란 중장년층 중에는 한 번쯤 이곳에서 물고기를 잡고, 멱 감고, 버들피리를 불고, 야채를 씻고, 빨래를 안 해본 사람이 있을까?

또한, 이곳에는 유서 깊은 교육도시의 면모를 과시하듯이 공주시 초·중·고의 절반 이상이 위치하며 전국적인 지명도를 가진 고등학교와 대학교도 있다.

아름다운 풍광과 많은 학교 그리고 대를 이어 오랜 삶의 터전으로 일구면서 자연스럽게 발전한 예술문화 풍속도가 어우러져 제민천은 아름다운 문화예술의 거리로 탄생한 것이다.

이렇게 자생적인 천변의 거리에는 공주인들의 다양한 이야기와 추억, 그리고 향수가 곳곳에 아롱져 있다. 천변이나 골목에는 학교가 많은 만큼 하숙집 또한 많았는데, 그곳은 각종 이야기가 싹트고 꾸며지며 전파까지 되는 청소년기 학생들의 사랑방이기도 했다.

공주는 전국에서 유학(遊學) 온 학생들이 많은 곳이다. 집 떠나온 외로움을 달래기 위해 옥상에 올라 고즈넉하게 클래식 기타를 치거나 하모니카를 불던 제법 고고한 친구가 있었다.

끝도 없는 야간자습 시간에 작정하고 머리 좀 식혀야겠다고 두어 명이 선생님 몰래 극장에 갔더니, 바로 그곳에서 영화를 보러 온 선생님을 만나서 멋쩍게 서로 웃던 기억도 있다.

남녀공학인 경우는 그야말로 호기심 천국이라, 하숙방에 모여앉아 예쁜 여선생님이나 각자 관심 끄는 이성들에 대한 알콩달콩한 이야기 꽃을 모락모락 피워내느라 얼굴에 여드름만 가득한 까까머리 녀석들도 있었다. 심지어는 짝사랑을 못 잊어서 상사병을 앓느라 명문대를 못 갔다고 핑계를 대는 괴짜 친구도 있었다.

한편, 밤새워 친구의 어려운 개인사를 들으며 같이 눈물 훔치던 인정파, 자취생활의 궁색함이 안쓰러워 부모 몰래 밑반찬을 훔쳐다 주는 인심파도 있었다.

이들은 입시의 중압감과 타지생활의 고단함을 잊어야 했고, 질풍노도 시기의 열기 또한 식혀야 했다. '냉정과 열정 사이의 아슬아슬한 줄타기'를 해야 하는 교복 속의 청춘들은 우정을 돈독히 쌓아가고 섬세한 감성을 담아 시를 쓰고, 그림을 그리고, 노래를 부르고, 악기를 연주하며 학창시절을 보냈다.

영화 「죽은 시인의 사회」에서도 키딩 선생님은 "카르페디엠(현재를 즐겨라)!"이라고 했는데……. 고입, 대입의 스트레스를 안고 있고 규율이 엄격한 제도권 하에서 공부하는 학생들이 즐길 거리에는 이렇듯 한계가 있었다. 그러기에 어쩌면 공주인의 예술혼은 사춘기, 청년기 학생들의 번민과 격정이 승화해 낸 산물인지도 모른다.

공주가 다채로운 문화생활을 경험하기 어려운 소도시라는 측면도 있었지만, 오락의 도구가 빈약했던 그 시절에 천변 골목은 사춘기의 수줍음을 감추어주는 나무그늘이자 공연한 치기(稚氣)로 몰려다니던 아이들에겐 숨바꼭질하는 미로와도 같은 곳이기도 했다. 제민천변과

골목길에서 그들이 놀다간 흔적은 각자의 아련한 추억으로 남아 있을 것이다.

그곳에 함께 놀던 친구들은 지금 어디서 무얼 하고 살까? 정신과 육체를 파고들며 세월의 흔적이 하나씩 늘어만 가는데, 자신을 정지된 시간 속에 묶어두고 싶어서 파릇파릇하던 옛날을 몹시도 그리워하고 있지나 않을까?

그 당시에 말도 안 되는 이유로 여름 내내 골목길을 누비며 치열하게 다퉜던 친구들, 지금은 서로 궁금하지 않을까? 그때 두붓집에서 몰래 홀짝홀짝 마시던 외상술값은 갚고 떠난 걸까?

자기는 예수처럼 33살까지만 살고 말겠다며 온통 종교에 심취해 고행자처럼 야위어갔던 친구는, 십 년 전 풍문에 의하면, 세 아이의 아버지가 되어 신사의 품격을 과시하며 잘살고 있단다. 지금쯤은 살도 찌고 배도 좀 나오지 않았을까?

이렇게 교복과 엄격한 규율 속에 감추어져 있어도 어쩔 수 없이 드러났던 사춘기의 열기와 다양성이 청년기를 거쳐 사회인이 되면서 차츰 조약돌처럼 다듬어지고, 굳이 유니폼을 입지 않아도 비슷비슷한 기성세대가 되어가는 게 학창시절의 왁자지껄한 추억을 가진 어른들은 못내 아쉬울는지도 모른다.

어찌 되었든, 청춘은 누구에게나 아름다운 법이다. 공주에서 학교 다니다 타지로 떠난 사람들이 공주에 다시 오면 꼭 가보고 싶은 곳이 제민천변의 하숙집, 어묵집, 빵집, 조촐한 한식집 등이라고 한다.

지금도 제민천 주변에는 학창시절의 향수가 묻어나는 화방, 분식집, 한식집, 수예점, 기타교습소 등이 남아 있다. 하숙집이 학생들의 사랑방이었다면 곳곳에 오래된 추억이 묻어 있는 천변의 골목길은 그들의 놀이터였던 것이다.

초·중·고·대학교를 품고 있는 제민천

소울메이트(Soulmate)를 만나는 곳

넓은 벌 동쪽 끝으로

옛이야기 지줄대는 실개천이 휘돌아 나가고

얼룩백이 황소가

해설피 금빛 게으른 울음을 우는 곳,

그곳이 차마 꿈엔들 잊힐리야.

…… 후략

– 정지용의 「향수(鄕愁)」 중에서

✎ 충북 옥천의 정지용 생가 앞에는 실개천이 흐른다. 물 따라 산책하기 좋을 만큼 긴(3.5km 정도) 실개천변 산책이 시인 정지용에게 더 많은 시심을 떠오르게 하지 않았을까? 냇물이 주는 서정적인 운치와 아늑함 덕분이리라.

니체와 루살로메는 낭만적인 도시 로마에서 운명적인 만남을 가졌고, 그 후 정신적, 지적인 교류로 역작을 남겼다. 이렇듯 수려한 자연경관은 철학자나 예술가에게도 특별한 영감을 주는 모양이다.

공주시의 제민천변에는 남녀노소의 대화방이자 쉼터인 카페가 즐비하다. 공방카페, 갤러리카페, 북카페, 음반까페 등 주로 예술을 접목한 퓨전카페들이다.

나날이 늘어가는 카페들을 보며 혹자들은 공주시 인구수보다 찻집이 더 많다는 허풍을 떤다. 공주가 인구 11만 명 남짓의 지방 소도시인데 경영상 제대로 유지나 될지…….

그러나 이런 걱정이 무색하게 카페 안이 늘 화롯가처럼 북적이는 것을 보면 공주시가 오래전부터 문화예술과 여유를 사랑하는 고장임을 알 수 있다.

예술과 문화가 어우러진 아름다운 천변거리, 이곳의 카페는 주인장의 개성과 안목을 한껏 뽐내는 다양한 인테리어로 눈이 부시다. 머리를 잘 빗고 다듬은 소녀마냥 수줍은 자태를 뿜어내는 관엽식물, 솔 향기 은은히 풍기는 원목 테이블, 로맨틱하고 매혹적인 음악, 평온과 위안을 선사하는 그림에 눈과 귀를 온통 빼앗긴다. 그들을 벗 삼으며 지혜의 숲을 산책하거나 마음이 통할만 한 누군가와 대화를 나눌 수 있다면 이보다 더 행복한 공간이 또 어디 있을까?

제민천변의 아름답고 아늑한 찻집들은 '여러 종류의 소울메이트'를 만나게 해주는 곳이다. 멋진 카페의 창밖으로 제민천변을 바라보며 나누는 대화는 일면 성스러운 느낌마저 자아낼 수 있다. 그렇다면 소울메이트와의 만남이란 언제 성스러운 아름다움을 뿜어낼 수 있을까?

공주 구도심을 동서로 나누는 제민천

상대방의 눈을 거울삼아 자신을 바라보고, 상대방의 아픔을 어루만지면서 오히려 내 슬픔을 치유하고, 지치고 좌절한 동료를 위로하며 아이러니하게도 내가 삶의 활력을 얻는 때가 아닐까?

이것은 '나(I)'가 아닌 '너(You)' 중심의 사고를 통해 관계는 훈훈해지고 기쁨과 보람, 그리고 에너지를 얻게 될 때 가능하다. 봉사나 기부도 아마 자신의 기쁨과 행복, 그리고 보람이란 심리적 기반으로 이루어지는 것이리라.

또한, 찻집 구석 자리에서 홀로 책을 읽거나 노트북을 펼쳐놓고 공부하거나 그냥 명상에 잠긴 사람들도 있다. 그들 또한 거울을 보듯 엄밀히 자신의 내면과 마주하는 시간을 갖는 것이다. '이상적인 모습의 자아'가 '현재의 상태'를 타이르며 교정해주는 시간이랄까?

그리고 가치관이 비슷하거나 느낌을 공유할 수 있는 사람, 어떤 조건이나 목적 없이 교류할 수 있는 사람, 그냥 보고 싶고, 일기를 쓰듯 자신에게 말하듯 그에게도 털털하게 말할 수 있고, 그가 나의 이야기를 초롱초롱한 눈으로 경청할 수 있는, 그런 '동류의 사람'이 한둘 있다면 인생길이 덜 쓸쓸하리라.

반면 오래된 사이라 하더라도 늘 비슷한 이유로 불편한 뭔가가 느껴지고 어찌 대처할까 고민해야 한다면 아마도 소울메이트는 아닐 것이다. 또한, 늘 같은 공간을 공유해도 가끔 이물감이 느껴진다면 가치관이든 서로를 생각하는 마음이든 섞이기 어려울 만큼 다른 개체인 것이다.

아무튼, 자신이 먼저 누군가의 진솔한 벗이 되어야만 언젠가는 소울메이트도 기다리던 손님처럼 살포시 다가올 것이다.

이렇게 여러 종류의 소울메이트를 만나는 곳이 낭만과 운치가 가득한 제민천변 거리, 그리고 오래된 추억 속의 사람이 과거 속에서 튀어나와 내게 이야기하듯 진한 향수가 어린 곳이라면 정지용 시인처럼 시심이 옹달샘처럼 솟아날까?

아니면 실존주의 철학자 니체가 대작 『짜라투스트라는 이렇게 말하였다』를 만드는 데 영감을 준 영혼의 단짝 루살로메를 만나듯 소울메이트를 찾게 될까?

굳이 당대를 풍미한 시인이거나 철학자와 예술가의 한눈에 느끼는 영혼의 울림까지는 아니더라도, 눈빛만 봐도 상대방을 투명하게 읽을 수 있는 그런 사람을 만나는 곳이 공주의 강변이나 제민천변이라면 충분히 설렘의 장소가 될 것이다.

제민천변 갤러리카페

제민천변 공방카페

일상의 하수구를 뻥 뚫어주기 위해

한 잔 술에

가슴을 짓누르는 삶의 무게는

어느새 새털처럼 가벼워진다.

밤잠 설치게 하는 근심을 '그까짓 거 별거 아닌 거'로 바꿔준다.

또한, 늘 부대끼면서 좋기도 하지만

때때로 성가시거나 싫기도 한

사람들에 대해 관대해진다.

'새가슴'이 난데없이 '강심장'이 되기도 한다.

소심한 사람도 멋있는 독설이나 한 줄의 철학을 뿜어낸다.

그리고 자기 인생을 한 편의 맛깔스러운 드라마로 정의한다.

평소 교만하든 주눅이 들었든

민얼굴의 자신과 만나서

의젓하게 타이르거나 용기를 준다.

또한, 책망하던 자신과 화해한다.

'나만의 고뇌'는 또한 '누구나의 고충'이 되고

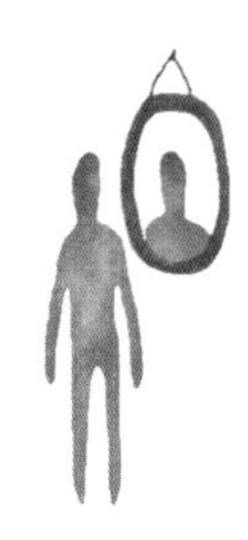

호기롭게 가식과 허세의 포장지를 걷어낸 우리들은
어느덧 일심동체가 된다.

원수도 순간은 동지가 되고
무뚝뚝한 사내도 시인이 되며
약점이라도 보일까 봐
꼭꼭 닫은 마음을 열어젖히니
알고 보면 각자 비슷한 존재임에 안도하게 된다.
이렇게 술을 마시면 급기야 인류애까지 생기고
한 사람이 주연을 하면서 조연도 한다.

이렇게 자신과 심오한 대화를 하고
타인과 민낯으로 소통하고
온통 헝클어지고 녹초가 된 오늘을 잊고
내일을 힘차게 시작하자고 서로 격려도 한다.

그러기에 영혼을 피폐하게 하는
일상의 하수구를 뻥 뚫어주기 위해,

우리 몸에 몰래 침투하여 혈관과 오장육부에 기생하는

불청객을 배출시키기 위해

인류와 함께 생겨난 술은

인간의 취향만큼 다양해지며

여전히 건재하고 있는 것이 아닐까?

- 어느 애주가의 변을 음미하며

술은 내가 마시는데 제민천이 흥겨워하는구나

음주가 일상적이지는 않지만
아주 가끔은 술이 그립다.
그래도 애주가일까?

✎ 인간이 혼자여서 외로운 것보다 함께 있어도 공감하거나 상황을 공유하지 못할 때의 외로움이 더 견디기 어려운 법이다. 자신은 죽을 맛이라고 누군가에게 하소연하고 있는데, 듣고는 있는 건지 스마트폰에 시선을 꽂은 채 무반응이다. 그래도 맞장구라도 쳐주겠지 하고 속상한 얘기를 털어놓았더니, "그깟 일 가지고 뭘 그러냐? 너보다 힘든 사람이 얼마나 많은데……."라고 한다면 어렵게 꺼냈던 말들을 도로 주워 담고 싶을 것이다.

세상에 맑고 화창한 날만 있으면 얼마나 좋을까? 그러나 정신의 허기가 술을 부르는 날은 있다. 그놈이 몸에 적절히 들어가 화학반응을 일으키면 극단적인 상황에서도 세상일을 관조할 수 있는 여유도 생긴다.

누가 "술은 시인을 만든다."라고 말했던가? 잔뜩 힘주고 있던 중추신경이 적당히 이완된 상태가 되면 쾌적하고 창의력이 왕성해지는 모양이고, 약간 취기가 돌면 더욱 용기백배하게 된다.

'인생이란 부끄러울 것도 자랑할 것도 없네.'라는 독백과 함께

머릿속에는 벌써부터 한 권의 회고록을 쓰고 있다.

살아있는 모든 건 순간의 갈증, 허기, 분노, 절망의 파노라마일 뿐

고통에 절어 지치고 피폐해진 심신을 그냥 망각의 늪 속으로 밀어 넣고 싶다.

그러면 새털처럼 가벼워지고 자유가 찾아오리라.

급기야 자신에 대한 연민까지 생기면서 '술 같은 물'이 흘러내린다.

카타르시스란 이런 것일까? 슬픔(눈물)은 이렇게 술(물)로 다스려지기도 한다.

사노라면 도저히 감당할 수 없다고 느낄 만큼 감정의 제어불능상태를 겪을 때가 있다. 또한, 우울 모드라는 게 특정한 사람의 일은 아니다. 자신과 소통할 상대가 없고 세상과 단절되었다고 느꼈을 때 극단적인 선택을 할 수도 있다고 전문가들은 말한다.

그래서 세상에 단 한 사람만이라도 자신의 마음을 알아주고 자기 사정을 들어주기만 해도 자살률은 훨씬 줄어들 것이라고 한다. 그러나 남의 얘기를 무던히 들어주고 공감한다는 게 그리 쉬운 일은 아니다.

이럴 때는 '결국 이 찬란한 슬픔을 함께할 친구는 너뿐이야.'라면서, 음주가 일상적이지는 않아도 아주 가끔씩 술을 찾는 애주가처럼 언제라도 '동네 마트나 냉장고에서 늘 스탠바이(대기)하고 있는 친구' 하나쯤 불러내면 좋을 것 같다.

물과 술은 육체와 정신의 갈증을 풀어주는 액체이다. 어느 정도의 취기가 돌면, 물이 술을 마시는 건지 술이 물을 마시는 건지 헷갈린다고 술꾼들은 말한다.

'술은 내가 마시는데 취하기는 바다가 취하는구나(김생연, 「술에 취한 바다」 중).'라는 시 구절이 절묘하다. 제주도 바다 성산포가 아닌 공주에서 마시면 '술은 내가 마시는데 제민천이 홍겨워하게 될까?'

술꾼들에게 술과 물은 오누이처럼 정겹다. 그래서 금강변, 제민천변의 포차나 호프집은 쓸쓸하고 황량해 보이지만, 물을 벗 삼아 마시는 술이기에 물이 주는 너그러움 덕분에 삶에 대한 시선이 다소 초연할는지도 모른다. 물가에서 한잔하는 걸 좋아하는 술꾼들은 '물의 철학자인 노자'를 닮고자 연습이라도 하고 있는지도 모른다.

예술과 술은 정말로 연관성이 있는 걸까? 문화예술의 거리에서 어슬렁거리는 술꾼들! 그들 중에는 시인이나 화가 또는 음악가 같은 예술가가 적잖을 것 같다. 그들에겐 '술이 영감을 더해주는 매개체'일 테니까.

그러기에 문화예술의 도시인 공주에는 아마 애주가도 많으리라.

자세히 보아야 예쁘고 오래 보아야 사랑스러운

공주 원도심이야기

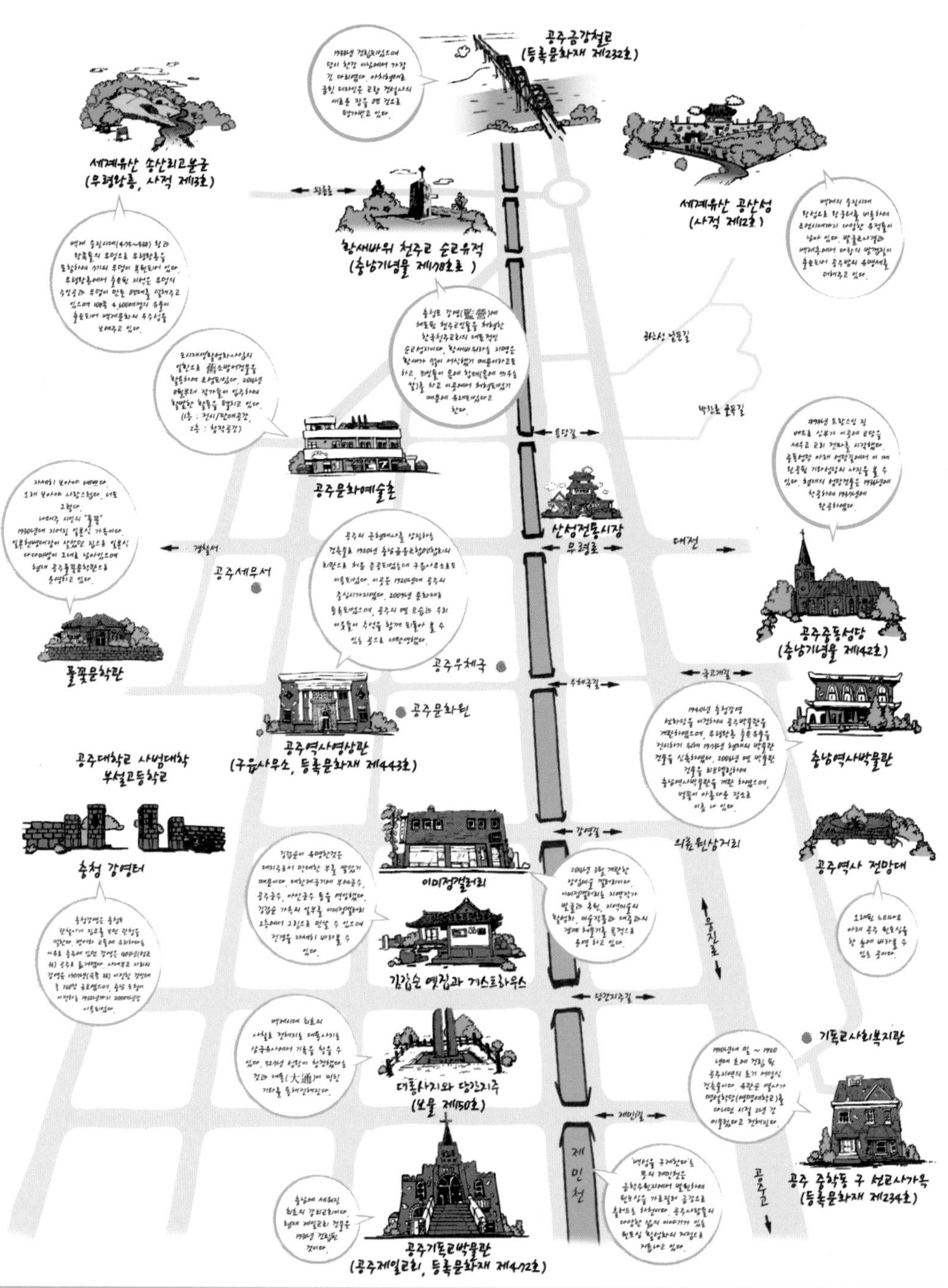

도시재생활성화사업으로 진행된 소규모 주민공모사업으로 제작되었습니다.
백제누리(예술인들의 모임)

제민천 예술문화거리

최근 예술인들이 자발적으로 모여들어 삶의 터전을 일구고 있는, 문화예술인들로 인해 모양새를 갖추어가고 있는 제민천 예술문화거리는 시민들의 문화의식과 예술적 소양이 높았던 공주시만의 특색을 살리는 장소이다. 공주시는 음악인, 문인, 서예가, 화가, 국악인, 한학자 등을 많이 배출한 예향으로 알려져 있다.

또한, 지금의 예향을 태동시킨 제민천은 공주인의 정체성을 상징하는 거리로 수십 년이 된 삶의 흔적, 즉 일상사가 오롯이 녹아 있다. 제민천변을 중심으로 한 교육, 문화, 생업이 이루어졌음을 아직도 남아 있는 옛날의 흔적들을 통해 가늠해 볼 수 있다.

나 또한 제민천변이나 그 근처에 있는초·중·고에서 공부하였고, 어묵이나 빵 등 길거리 간식을 게걸스럽게 사 먹으며 자랐고, 사춘기 시절에는 친구들과 냇물 따라 걸어가며 수다 떨고 깔깔거리고 노래를 부르곤 했다. 어떤 친구들은 제민천에서 멱 감고 고기 잡아 구워 먹었었다고도 한다. 이렇게 제민천변은 보통사람의 삶의 궤적이 오래 쌓여서 공주시만의 특별한 예술문화거리가 된 것이다.

이런 제민천은 공주에 살아온 2대, 3대 가족이 함께 천변을 거닐면서 조부모, 부모가 어릴 적 공부하고 놀이를 통해 풍부한 정서를 함양해온 역사와 추억을 말할 수 있는 천변 거리로 신생도시에서는 누릴 수 없는 블루오션인 거리라고 볼 수 있다.

'백성을 구제하는 하천'이라는 철학적인 이름을 가진 제민천(濟民川)을 중심으로 공주인의 삶과 문화 그리고 예술의 흔적을 엿볼 수 있고, 지금도 살아 숨 쉬며 진화하는 모습을 엿볼 수 있다.

선사시대부터 조선 후기까지 수천 년의 삶의 흔적이 녹아 있는 공주시는 화려한 영광과 아련한 슬픔이 공존하는 고장이다. 예술이란 아픔과 상처를 소재로 인고의 시간이 빚어낸 발효식품 같은 것.

그래서인지 공주시 구도심을 동서로 가르는 제민천변에는 오랜 예술문화의 거리가 자생적으로 조성되어 있고 점점 더 아름답게 변모하고 있다.

제민천변 골목길에는……

제민천 서쪽 뒤편에서 공주 구도심의 터줏대감 노릇을 하는 봉황산 자락에는 풀꽃문학관이 있어 풀꽃 시인 나태주의 숨결을 느낄 수 있고, 공주 거주 화가들의 작업실과 전시공간인 문화예술촌도 있다.

또한, 공주의 역사를 한눈에 볼 수 있는 역사영상관, 충남역사문화박물관 등이 있다.

풀꽃문학관

"자세히 보아야 예쁘다 / 오래 보아야 사랑스럽다 / 너도 그렇다"

나태주 시인의 「풀꽃」은 너무도 잘 알려진, 소박하지만 아름다운 시이다.

공주시 구도심이 내려다보이는 공주시 봉황동 자락에 시인 나태주의 궤적과 작품을 볼 수 있는 공주 풀꽃문학관이 자리하고 있다. 올해로 3주년을 맞는 공주 풀꽃문학관은 나태주의 시와 야생화, 북카페, 나태주 시인의 기록들이 빼곡히 자리하고 있다. 충청남도 서천에서 출생한 나태주는 1971년 서울신문 신춘문예에 당선되면서 본격적인 문단 활동을 시작했다고 한다.

나태주 시인의 시는 '대상을 면밀하게 관찰하고 참신한 착상을 통해 자연의 아름다움을 시에 담기 위해 많은 노력'을 했다는 대중의 평을 듣고 있다.

대표적인 시집으로 「막동리 소묘」와 「대숲 아래서」를 출간한 나태주 시인은 2007년 초등학교 교장을 끝으로 정년 퇴임한 후 2010년부터 공주문화원 원장으로 재직하면서 공주 풀꽃문학관을 운영하고 있다.

나태주 시인은 평소에 시에 관한 지론을 이렇게 표현하고 있다.

"시는 자기 마음을 들여다보고 만물을 하나하나 다른 시각으로 바라볼 때 좋은 작품이 나올 수 있다. 현대인들은 학습에서 '학'은 열심히 하는데, 가장 중요한 '습'이 안 되고 있다. 먼저 훌륭한 시를 썼던 사람들을 공부하는 것도 좋지만, 가장 좋은 스승은 자신이다. 자기만의 독특한 세계를 구축해야 한다."

사랑하는 마음 내게 있어도

사랑하는 마음
내게 있어도
사랑한다는 말
차마 건네지 못하고 삽니다.
사랑한다는 그 말 끝까지
감당할 수 없기 때문

모진 마음
내게 있어도
모진 말
차마 하지 못하고 삽니다.
나도 모진 말 남들한테 들으면
오래오래 잊혀지지 않기 때문

외롭고 슬픈 마음
내게 있어도

외롭고 슬프다는 말
차마 하지 못하고 삽니다.
외롭고 슬픈 말 남들한테 들으면
나도 덩달아 외롭고 슬퍼지기 때문

사랑하는 마음을 아끼며
삽니다
모진 마음을 달래며
삽니다
될수록 외롭고 슬픈 마음을
숨기며 삽니다.

'자연과 인간에 대한 따스하고 섬세한 시선'을 가진 나태주 시인의 「사랑하는 마음 내게 있어도」 라는 시에서는 속마음을 용해하여 삭히고 사는 한국인의 정서를 엿볼 수 있다.

문화예술촌

옛 공주소방서를 리모델링 한 건물로 2016년 9월에 개관한 문화예술촌은 1층에 전시·판매 공간이 마련됐고, 2층에는 예술인들의 창작활동을 돕기 위한 작가실, 회의실, 휴게실 등이 자리 잡았다. 지역 거주 예술인 등을 대상으로 공모, 작가 9명을 입주자로 선정, 앞으로 1년간 문화예술촌에서 회화, 웹툰, 민화, 캘리그라피, 비즈, 바느질, 가죽공예, 연극 연출 등의 예술활동을 펼친다.

문화예술의 발전을 위해 공주지역 예술인들의 창작과 전시공간을 제공하는 문화예술촌은 입주작가들에게 개인 작업공간과 편의시설, 전시·판매 공간을 무료로 빌려준다.

공주역사영상관

공주시 우체국길 8(반죽동)에 위치하는 공주역사영상관은 2층으로 된 붉은 건물로 100여 년의 역사를 지닌 곳이다. 1920년대 충남금융조합연합회관으로 건립된 후 30년대 공주 읍사무소로 이용되다, 2014년 공주역사영상관으로 재탄생했다. 정면에서 보면 현관이 돌출돼 있으며, 중앙 부분에 원기둥 4개가 좌우 대칭으로 되어 있어 웅장함과 균형미를 느끼게 한다. 영상관 1층에는 역사 이야기, 공주 이야기, 종교 이야기, 교육 이야기, 공주의 현재와 과거 등 5개의 주제로 영상물이 전시돼 있고, 2층에는 '백제의 옛 도읍 공주와 공주사람들 이야기'라는 주제로 특별사진전이 열린다. 전시실 외에도 야외공연장과 분수대 조형 벤치 등이 있어 볼거리가 풍성하다. 인근에는 공주의 근대건축물이 있어 당일치기 여행코스로 알맞다.

충청남도 역사박물관

공주시 국고개길 24에 위치한 충청남도 역사박물관은 충청남도의 역사와 문화를 재조명하고, 지역의 정체성을 확립해 도민의 문화적 자긍심을 높일 목적으로 설립된 역사·문화 전문 박물관으로 2004년 1월 충청남도 역사문화연구원이 개원하고, 2005년 5월 충청남도 도정사료실의 자료를 이관하면서 설립이 본격화되었다.

2006년 9월 박물관이 개관, 2008년 보존과학동을 신축, 2008년 8월 전시실 확장공사를 거쳐 지금의 충청남도 역사박물관으로 재개관했다.

1만 3645㎡의 부지에 2개의 전시실과 수장고, 교육실습실, 체험학습실 등을 갖추었다. 상설전시실에서는 조선시대부터 근현대기를 중심으로 충청남도의 역사자료와 생활민속품을 전시하고 있다. 기획전시실에서는 '기증-기탁 유물 특별전'을 비롯한 다양한 특별전시회가 열리고 있다.

또한, 고서 3,582점과 고문서 1만 9523점을 비롯해 목판, 민속생활자료, 행정자료 등 유물 총 5만 4907점을 소장하고 있다. 주요 소장품으로는 보물 제1495호인 명재 윤증(尹拯) 초상 5점 및 영당기적, 중요민속문화재 제22호인 윤증가(尹拯家)의 유품 54점, 충청남도 유형문화재 제199호인 공주 상세동 산신도 등이 있다.

충청남도 역사박물관

나가는 말

공주와 봄을 보내며

가던 길 멈추고 서서

공주와 봄을 보내며

봄이라 부를 수 있는 날도
얼마 남지 않았다.
흐드러진 봄꽃도
시든 잔해를 남기며
물러가고 있다.

두꺼운 얼음을 뚫고
기적처럼 찾아든
사랑의 열정과
요동치던 젊음의 몸짓도
애잔한 불꽃을 남기고
여름 속으로 사라진다.

떠날 채비 하느라
봄이 두런거리고 있다.
잔칫집 마당처럼
늘 북적이던 사람들을 보내고
내 가슴을 온통 달구었던
추억도 배웅해야 하는가.

내 곁에서

젊음의 환희에 들뜨게 하고

울고 웃게 했던 공주의 봄!

그 철없는 몸부림과

휘청거림이 지나가도

다정한 연인의 손길 같았던

공산성 산들바람의 향연

한참 만에 다시 만난 공주!

이렇게 봄날은 가도 내게 남은 그리움은

가끔씩 뜨겁게 눈시울을 적시리라.

- 공주와 함께한 추억을 아쉬워하며

가던 길 멈추고 서서

일제강점기(1933년)에 세워진 금강철교

인생의 아주 이른 봄에 공주에 입성하여, 외지에서의 십여 년을 제외하곤 몇십 년을 이곳에서 살았다. 살면서 다채로운 일들이 있었다. 지나고 나면 별거 아닌 부끄러움과 괴로움도 있었고, 작은 영광과 환희도 있었다. 오랜 시간이 지나니 좋았던 일이나 나빴던 기억까지도, 이제는 스스럼없이 말할 수 있는 에피소드나 고운 추억으로 자리 잡았다.

이렇게 시간이란 좋은 것만 여과해주는 필터 기능이 있는 것일까? 아니면 곱지 않더라도 특색 있고 아름다운 색으로 덧칠해주는 페인트 공일까? 아무튼, 밋밋했던 시절보다는 이런저런 일들로 감정이 좌충우돌하던 때가 더 영롱하게 빛이 나고 아름답게 여겨진다. 생동감, 즉 팔팔하게 살아있었음에 대한 증거니까.

보내고 싶지 않은 공주와의 청춘(靑春) 시절의 아쉬움을 시로 표현했다. 생물학적인 인생의 봄은 지났어도, 가슴속 파릇파릇한 생기와 열정은 보내면 절대로 안 되겠다는 심정으로…….

공주시에 오면 사철이 아름답겠지만, 가슴속에 두근거리는 마음을 간직할 수 있는, 늘 봄인 공주를 기억해야 하지 않을까, 하는 마음으로 공주에 대한 그리움을 가슴 한구석에 남겨두었다.

화려한 역사와 오랜 전통을 자랑하는 공주시가, 최근 거대한 국책사업인 세종특별자치시의 빛에 가려 자칫 쇠락한 고도(古都)로 비칠 수도 있겠다고 안타까워하는 사람들이 있다.

그러나 예쁘고 고귀한 지명(地名) 덕분에 '그곳에 사는 여성들은 어딜 가도 공주님 호칭을 듣게 해주는 공주시'는, 그 이름처럼 아름다운 자연환경이 주는 풍광이 고즈넉한 운치를 뿜어내듯 역사의 슬픈 단면을 문화예술로 승화할 줄 아는 인내와 슬기로움을 가진 사람들의 도시이기도 하다.

1994년 무령왕릉이 유네스코 세계문화유산의 잠정목록에 올라가는 것을 계기로 20년이 넘는 노력 끝에 2015년, '특정 기간과 문화권 내 건축이나 기술 발전, 도시계획 등에 있어 인류 가치의 중요한 교류의 증거'와 '문화적 전통 또는 문명에 관한 독보적이거나 특출한 증거'에 충족해야 한다는 유네스코의 기준을 통과하며 세계유산에 등재되었다.

공주, 부여, 익산 3개 도시에 있는 백제역사 유적지구 중에서도 특히 공주의 공산성과 무령왕릉이 있는 송산리 고분군은 핵심이라고 할 수 있다. 2015년 유네스코 등재 이후 공주시에는 이전보다 4배 이상 많은 관광객이 다녀가고 있다. 또한, 공주시가 '2018년 올해의 관광도시'로 선정되어 공주시에 대한 관심은 더욱 배가될 것으로 예상한다.

백제역사가 살아 숨 쉬는 공주의 스토리는 무궁무진하다. 구도심에 있는 대표적인 관광지를 둘러보며 늘 보고 가까이 있으니 무심히 지나쳤던 곳인데 되새김질하듯 꼼꼼히 다시 보니 살아온 세월만큼 풍부한 느낌과 원숙한 아름다움이 배어난다. 아는 만큼 보인다는 말이 맞는 모양이다.

오래전에 서거정은 공주시의 풍광에 반해 「공주 10경」 중 「고마나루의 밝은 달」이란 시를 썼다.

고마나루의 밝은 달

고마나루의 맑은 물 일렁이는데
어느 사이 밝은 달이 떠올랐는가.
백제의 옛 역사, 나는 새처럼 지나갔으나
달에게 물어보면 달은 응당 알리라.
한번 누선 위로 학을 타고 오고부터
백제사직 황폐하여 당나라 땅으로 변했네.
낙화암 봄 경치 보고 탄식하는데
조룡대 아래로 물결이 돌아드네.

또한, 공주 풀꽃문학관의 나태주 시인도 2008년에 공주시를 애정 어린 노래로 표현했다.

내가 사랑한 공주

눈길이 머무는 곳 숨결이 스치는 곳
비단 실로 한 땀 한 땀 아로새긴 수틀이라
저기 저 어여쁜 산하 산도 좋고 물도 좋아

닭 벼슬 어우러진 계룡산은 어떠하고
천만리 슬어 내린 금강 물은 어떠하오
한반도 서러운 가슴 두 팔 벌려 안았네

오래전 아주 아주 오래고 오랜 옛날
곰 아가씨 울고 간 곰나루라 소나무 숲
아직도 솔바람 소리 곰의 사랑 애달파

둥그르스름 자애로운 산과 들 허리춤에
집을 모아 발을 묻고 사람들 살아가니
어버이 다름없어라, 산과 들 강물 또한

이렇게 공주는 역시 가던 길 멈추고 서서 저절로 시가 읊어지는 고장인 모양이다. 누구라도 시인을 만드는 운치와 멋이 가득한 도시이다. '공주 따라가며 주절거리다 보니 어느새 시인이 되어 버리는' 낭만의 도시이다.

부록

공주시

제62회 백제문화제

❶

고대왕국의 찬란한 물결, 백제문화제(百濟文化祭)

무령왕이 세상을 떠날 때의 나이만큼, 오랜 역사를 가진 백제문화제와는 나 또한 불가분의 관계로 이어져 왔다. 어릴 때 빽빽한 인파 사이로 까치발을 들고 처음 본 가장행렬은 무척이나 경이로웠고, 학창시절에는 성화 봉송 시녀로 백제문화제 행사에 참여하면서 나름 공주인의 긍지를 느꼈으며, 직장인이 되어서는 웅진성 퍼레이드나 교류 왕국 행렬 행사에 지원했다.

나이에 따라, 그리고 볼 때마다 느낌이 새로운 백제문화제는 60여 회라는 경륜만큼 진화해 왔다.

62회 백제문화제 개막 영상

백제문화제 야경

백제문화제

백제문화제는 백제인의 얼과 슬기를 드높여 부여와 공주인의 긍지를 높이고 백제문화를 계승, 발전시키기 위해 부여와 공주에서 10월경에 동시 개최하는 향토축제이다.

이 축제는 1955년 부여군민이 부여산성에 제단을 설치하고 백제의 삼충신(三忠臣)에게 제사를 올린 데서 유래한다. 그것이 1965년까지는 백제의 도읍지였던 부여에서 열리다가, 1966년 주최자가 군(郡)에서 도(道)로 바뀌면서 공주에서도 동시에 벌어지게 되었다.

1974년 제20회 때부터 대전·공주·부여에서 동시에 개최되었고, 1979년 백제문화제 개선위원회의 결정에 따라 이후 짝수 연도에는 부여, 홀수 연도에는 공주에서 1년씩 교차로 거행되어 온다. 이 향토축제는 부여군 또는 공주시가 주최하고 백제문화 선양위원회가 주관하여 전통문화축제의 성격을 갖는다.

주요 행사로 전국시조경창대회, 궁도대회, 불꽃축전 놀이, 삼산제, 백제왕천도, 백제대왕제, 수륙제, 가장행렬, 전통 민속 공연, 백제역사문화체험, 학술세미나 및 백제왕·왕비·왕자 선발 등 60여 종목이 펼쳐진다. 특히 문주왕웅진성 천도의식 및 행차와 5,000명 이상이 참여하는 백제문화 가장 대행렬은 백제문화를 재현, 계승하는 중심행사이다.

2016년 제62회를 개최한 이 향토축제에는 지역민의 자율적 참여로 170만 명의 관광객을 유치하고 걸출한 성과를 이루었다.

인절미 축제

다리 위의 향연

퍼레이드

웅진 판타지아 공연

곰두리 열차운행

공주 구도심 관광 안내

백제큰길
정지산유적
관광단지길
고마
선화당
국립공주박물관
국궁장
공주한옥마을
무령왕릉
공예품전시판매관
송산리고분군모형전시관
공주종합운동장
웅진백제역사관
시립웅진도서관
무령왕릉관광안내소
교동초교
공주문예회관
공주향교

관광 지도

공주종합버스터미널
금강신관공원
금강철교
백미고을
공산성 관광안내소
공산정
공북루
금강
웅진동주민센터
금서루
공산성
만하루
영은사
쌍수정
시외버스산성정류장
(구 터미널)
임류각
진남루
웅진로
광복루
영동루
시내버스터미널
공주소방서
공주산성시장
중동교차로

교통편

공주시청 홈페이지 > 분야별 정보 > 안전/교통 > 교통 > 교통정보

공주 맛집

공주시청 홈페이지 > 문화관광 > 음식/숙박/쇼핑 > 으뜸공주맛집

숙박안내

공주시청 홈페이지 > 문화관광 > 음식/숙박/쇼핑 > 숙박

쇼 핑

공주시청 홈페이지 > 문화관광 > 음식/숙박/쇼핑 > 쇼핑

공주 시티투어

공주시청 홈페이지 > 문화관광 > 시티투어

독자 리뷰

김덕수 / 공주대학교 일반사회교육과 교수, 저술가

현대인에게 재충전과 힐링을 위한 여가가 점차 중요해지면서 어느덧 여행 전성시대가 도래하였다.

그런 만큼 여행이나 관광 관련 책들이 봇물 터지듯 쏟아지고 있으나, 대부분은 대상지의 사진, 저자 소회, 맛집 소개 등 정형화된 패턴을 이루고 있다.

그런데 시, 그림, 수필, 역사 이야기로 여러 장르가 버무려진 책이 등장했다. 모든 분야에서 퓨전이 대세이듯 『두근두근 공주 이야기』 한 권에는 종합예술이 담겨 있어서 다양한 반찬을 갖춘 감칠맛 나는 식단이 떠오른다. 게다가 저자의 감성적이고 따뜻한 시선도 정겨움을 자아내기에 충분하다.

이 책을 통하여 공주시가 세인들에게 설렘의 고장으로 새롭게 태어나기를 기대해 본다.

조성진 / 대성아스콘(주) 대표

평소 바쁜 일정을 소화하느라 차분하게 독서 하는 시간을 내기가 쉽지 않은 형편인데, 지인을 통해 『두근두근 공주 이야기』라는 책을 접하게 되었다.

공주시의 일부가 세종시로 행정구역이 편입되기 전, 애당초 공주 사람이었던 나는 이 책이 어떤 내용을 담고 있을까 궁금해져서 가슴이 먼저 두근거릴 수밖에 없었다.

관광 스토리북이라고 하는데, 이색적인 그림책에 가깝다는 느낌이 들었다. 난데없이 어릴 적 원두막에 누워서 흡입하듯 읽어치우던 만화책이 떠오르는 건 왜일까?

동시대인의 정서와 경험이란 대개 비슷한 법이라서, 저자의 글을 따라가다 보니 아련한 고향의 냄새와 추억의 향기가 물씬 풍겨 나온다.

일상의 피곤과 고민거리를 내려놓고 참외나 수박을 베어 먹으며 즐길 수 있는 원두막의 휴식과도 같은 책이다.

이종학 / 현대오일뱅크(주) 비상계획관

우리 집안은 공주시 곰나루가 있는 동네에서 대를 이어 몇십 년 살아왔는데, 나는 객지로 나가 30여 년을 살면서 어쩌다 고향에 가면 너무나 변해버린 주변의 모습에 오랫동안 간직한 추억마저 사라진 게 아닌가 싶어 아련한 슬픔을 느끼고는 했다.

그런데 마침 시, 그림, 수필, 설화, 역사를 넘나드는 구성으로 동화처럼 보이는 책이 눈길을 끌었고, 간결한 문체에 속도감이 있어서 술술 읽혔다.

책을 읽는 동안 곰나루에서의 지난 일들이 기억 저편에서 막 깨어나면서 젊은 날의 꿈과 낭만을 되돌려 받은 듯 행복감에 잠길 수 있었다.

『두근두근 공주 이야기』라는 책 제목이 말해주듯, 자칫하면 지루할 수도 있는 관광 스토리북의 새로운 지평을 열었다는 데 의미가 적지 않다고 생각된다.

도움 주신 분들

1) 내용 검토

이중덕(한학자), 전혜숙(수필가), 윤현숙(전 지역신문 기자)

2) 사진 제공

이재권(공주시 미래도시사업단장), 강의구(미디어담당관실)

2) 영상 제공

충청TV('제 62회 백제문화제, 화려한 막 올라' https://www.youtube.com/watch?v=hM1OO7tXPd4)

펴 낸 날 2017년 5월 31일

지 은 이 이계숙
그 린 이 박현희
펴 낸 이 최지숙
편집주간 이기성
편집팀장 이윤숙
기획편집 윤일란, 허나리
표지디자인 이윤숙
책임마케팅 하철민, 장일규
펴 낸 곳 도서출판 생각나눔
출판등록 제 2008-000008호
주 소 서울시 마포구 동교로 18길 41, 한경빌딩 2층
전 화 02-325-5100
팩 스 02-325-5101
홈페이지 www.생각나눔.kr
이 메 일 bookmain@think-book.com

• 책값은 표지 뒷면에 표기되어 있습니다.
ISBN 978-89-6489-717-1 03810

• 이 도서의 국립중앙도서관 출판 시 도서목록(CIP)은 서지정보유통지원시스템 홈페이지(http://seoji.nl.go.kr)와 국가자료공동목록시스템(http://www.nl.go.kr/kolisnet)에서 이용하실 수 있습니다(CIP제어번호: CIP2017011463).